LAS AMISTADES PELIGROSAS

LAS AMISTADES PELIGROSAS

Pierre Choderlos de Laclos

Adaptación de Cristina Sola
Ilustraciones de George Barbier

la mar de fàcil
editorial

Primera edición: marzo 2025

Adaptación a Lectura Fácil: Cristina Sola Guerrero
Revisión pautas LF: Elisabet Serra Casanovas
Ilustraciones: George Barbier
Imagen de la cubierta: *Retrato Jeanne Antoinette Poisson Retrato*, de François Boucher

La Mar de Fàcil, S.L.
C/ Neopàtria, 93, local
08030 Barcelona
www.lamardefacil.com

© Editorial La Mar de Fàcil, S.L., 2025

Depósito legal: B 6084-2025
ISBN: 978-84-10371-16-3
Impreso en Podiprint

Este logo identifica los materiales que siguen
las directrices internacionales de la IFLA (International
Federation of Library Associations and Institutions)
para personas con dificultades lectoras.
Lo otorga la Asociación Lectura Fácil.
Para más información: www.lecturafacil.net

Índice

Introducción

Os presentamos una gran novela epistolar:
una historia de intrigas y luchas de poder
que se cuenta en las cartas que escriben los personajes.

A través de estas cartas iremos conociendo
cómo eran las relaciones entre hombres y mujeres
de la aristocracia francesa del siglo XVIII,
que, en apariencia, seguían una estricta moral[1],
pero estaban envueltas en engaños y manipulaciones.

Destaca un personaje: la marquesa de Merteuil,
modelo perfecto de hipocresía.
Trata de aprovecharse de todos los que la rodean
para ser dueña de su propia vida,
algo que solo les estaba permitido a los hombres.

---

1. Una actitud o una persona es moral cuando sigue lo que es correcto
   o aceptable para la sociedad.

Ella y su antiguo amante, el vizconde de Valmont,
compiten entre sí por el poder y solo buscan su placer,
arruinando la vida de quienes están a su alrededor.

El autor, Pierre Choderlos de Laclos,
critica la vida ociosa de la aristocracia y su doble moral.

En 1789, siete años después de la publicación del libro,
empezó un proceso revolucionario en Francia
que acabó con el poder absoluto de los reyes
y los privilegios de la aristocracia.

Con la Revolución Francesa
nació un nuevo sistema político y social
basado en la libertad y la igualdad
que daría forma a las democracias modernas.

Cristina Sola

Los personajes

Cécile de Volanges

Cécile es una joven de dieciséis años
recién salida de un convento.
Su madre quiere casarla con el conde de Gercourt,
pero Cécile se enamora del caballero Danceny,
que es su profesor de música

La marquesa de Merteuil

La marquesa es una viuda joven y hermosa,
inteligente, ambiciosa, libertina[2] y manipuladora,
que cree que todos los hombres son sus enemigos,
y quiere vengarse de ellos.
Se divierte seduciendo a los hombres,
pero aparenta ser una mujer virtuosa.

---

2. Persona que tiene una conducta desenfrenada.

El vizconde[3] de Valmont

Es un hombre atractivo y libertino que se divierte seduciendo
y luego abandonando a la mujer que ha seducido.
Tiene mala fama, pero esto no le cierra ninguna puerta.

La señora de Tourvel

Es una joven y hermosa mujer, virtuosa, recatada
y un poco mojigata[4].
Se siente atraída por Valmont, pero no quiere caer en sus brazos
porque no quiere traicionar ni a su marido ni a ella misma.

La señora de Volanges

Es la madre de Cécile.
Tiene un carácter maternal y algo suspicaz.
Es muy amiga de la señora de Tourvel.

Sophie Carnay

Es una joven monja del convento donde estaba Cécile.
Es también su confidente, a quien Cécile escribe a menudo.

La señora Rosemonde

Es la tía del vizconde Valmont
y amiga y confidente de la señora de Tourvel.

---

3. Persona que tiene el título de nobleza por debajo del de conde.
4. Que muestra una actitud moral o religiosa exagerada.

El caballero Danceny

Es un noble sin fortuna
que está muy enamorado de Cécile.

Conde Gercourt

Es el antiguo amante de la marquesa de Mertueil,
a la que abandona para conquistar a Cécile.

Caballero Prevan

Es un hombre engreído capaz de hacerle sombra
al vizconde de Valmont.
Especialista en engañar a las mujeres.

Caballero Belleroche

Es un hombre muy atractivo y muy sensible,
pero que no consigue seducir a ninguna mujer.
Su conversación resulta insulsa;
su compañía, irritante,
y su único encanto es prestarse a los caprichos de su amada.

Padre Anselmo

Es un religioso del convento de Saint-Honoré
y una persona de confianza de la señora de Tourvel.

Carta 1, de 3 de agosto de 1780
De Cécile Volanges a Sophie Carnay

Querida Sophie:

Ya ves que cumplo mi palabra y te escribo en cuanto puedo.
Aún no sé nada, pero como mamá siempre dice que una joven
debe estar en el convento hasta que se case,
y ahora me ha sacado del convento,
seguramente sea para casarme.

Mamá ya no me trata tanto como a una niña,
ahora tengo una doncella[5], un tocador[6] privado
y te escribo en un escritorio muy bonito con llave
donde puedo guardar lo que quiera,
y tengo mi arpa y mis libros, como en el convento.

---

5. Criada que sirve a una señora.
6. Mueble en forma de mesa con un espejo,
   que se utiliza para peinarse y arreglarse.

Ayer fue mi presentación en sociedad,
yo estaba muy nerviosa y lo pasé muy mal.
Todos me miraban y cotilleaban.
Escuché que alguien decía «bonita» y otra señora dijo «torpe»,
aunque luego vino a hablar conmigo y fue amable.

Mi querida Sophie, el mundo no es tan divertido
como imaginábamos en el convento.

Adiós, luego te escribo más.

Carta 2, de 4 de agosto de 1780
De la marquesa de Merteuil al vizconde de Valmont

Querido vizconde:

Vuelve a París, ¿qué haces en casa de tu tía?
Ven enseguida, que se me ha ocurrido una gran idea.
He sabido que mi prima, la señora de Volanges,
va a casar a su hija con el conde de Gercourt. ¡Tengo una rabia!

Supongo que no le habrás perdonado a Gercourt
la aventura que tuvo con tu amante,
porque yo no le he perdonado a Gercourt que me engañara.
Quiero vengarme de él y tú me ayudarás.

Ya sabes que Gercourt tiene ideas ridículas
sobre cómo tiene que ser su futura esposa.
Cree que las jóvenes deben educarse en un convento,
que las rubias son más honestas y que él nunca llevará cuernos[7].

Por eso, a pesar de la fortuna de la joven Volanges,
jamás se casaría con ella si fuese morena
o no se hubiese educado en un convento.

---

7. Se dice que una persona 'lleva cuernos' cuando su pareja le es infiel.

Gercourt llevará cuernos algún día, eso es seguro,
pero sería más gracioso que se casara con ellos puestos.
Y si encima tú te encargas de seducir a la muchacha,
Gercourt quedará en ridículo ante todo París.
Además, la joven es muy bonita, aunque boba,
así que solo tienes que darme las gracias y obedecerme.

Carta 3, de 5 de agosto de 1780
Del vizconde de Valmont a la marquesa de Merteuil

Mi bella amiga:

¡Me encantan tus órdenes! Y el modo de darlas
es tan amable que me haces amar la tiranía.
¡Cuánto lamento no ser ya tu amante esclavo!,
pero nuestro destino es conquistar.
Aunque me parece que, en esta carrera de amor,
tú conquistas a mucha más gente que yo...

No puedo dedicarme ahora a lo que me pides
porque estoy ocupado con el gran proyecto de mi vida.
Tú quieres que seduzca a una jovencita sin experiencia
que se entregaría por curiosidad más que por amor.
Otros hombres pueden hacerlo igual que yo.

Pero mi proyecto es muy distinto.

Ya conoces a la señora de Tourvel,
es muy religiosa, muy beata, además ama a su marido
y tiene normas morales muy estrictas.
Esa es la mujer que quiero conquistar.

Su marido estará fuera durante un tiempo y, mientras tanto,
ella se quedará aquí, en la casa de campo de mi tía.
Sus únicas distracciones son ir a misa y visitar a los pobres.
Pero yo le preparo distracciones mucho mejores.

Adiós, mi hermosísima amiga, sin rencor.

Carta 4, de 7 de agosto de 1780
De la marquesa de Merteuil al vizconde de Valmont

Querido vizconde:

Tu mala cabeza te lleva a desear lo que no puedes conseguir.
¡Conquistar a la señora de Tourvel! ¡Menudo capricho!

¿Qué ves en esa mujer? Es agradable, pero poco expresiva,
y siempre va vestida de un modo que da risa,
con sus adornos de tul y encajes en el cuello
y el corpiño[8] cerrado hasta la barbilla.
¿Y cuál es tu rival? ¡El marido! ¡Qué humillante!

---

8. Prenda de vestir muy ajustada al cuerpo, sin mangas,
   que llega hasta la cintura.

Y no esperes ningún placer, porque las mujeres honestas
nunca se dejan llevar por la sensualidad.
Es difícil que cambie, porque ya tiene 22 años
y su temor a ir al infierno le impedirá cometer ese pecado.

Hablando de otra cosa.
Danceny está loco por la joven Volanges, y a ella le gusta.
Pero él perderá el tiempo en coqueteos
en lugar de seducir a la muchacha.
Así que estoy enfadada contigo por no ocuparte de este asunto.
Y, para desahogarme, tendré que reñir a mi amante,
el caballero Belleroche, cuando venga esta noche.

¡Nada me divierte más que un amante desesperado!
Mira lo que has provocado, tú eres el responsable.

Carta 5, de 9 de agosto de 1780
Del vizconde de Valmont a la marquesa de Merteuil

¡Cómo abusáis las mujeres de vuestro poder!
Te pido que no critiques aún a la señora de Tourvel.
Ya veré sus defectos cuando la conquiste,
pero, por ahora, para ser adorable solo tiene que ser ella misma.

¡Yo voy a poseer a esta mujer!
Pero antes quiero que se sienta culpable,
porque así mi placer será más grande.

Quiero que sea decente, pero que deje de serlo por mí;
que sus pecados la asusten, pero que no la detengan.
Para que yo sea feliz, ella debe entregarse.

Como sé que le dirán cosas horribles sobre mí,
yo mismo le he contado algo de mis aventuras.
Ella me sermonea, dice que quiere convertirme a la fe cristiana,
y reza por las infelices mujeres que yo he deshonrado
sin darse cuenta de que pronto rezará también por ella misma.

Adiós, mi bella amiga, ya ves que no estoy perdido del todo.

Carta 6, de 7 de agosto de 1780
De Cécile Volanges a Sophie Carnay

Querida Sophie:

Sigo sin saber nada de mi boda.
Ya te he hablado del caballero Danceny,
que viene todos los días.
Y canta como los ángeles, yo le acompaño con el arpa.
Él y la marquesa de Merteuil son las únicas personas amables.

Adiós, voy a ensayar para cuando venga.

Carta 7, de 9 de agosto de 1780
De la señora de Tourvel a la señora de Volanges

Muy señora mía:

Espero que su hija sea muy feliz con el conde de Gercourt.
No podré asistir a la boda porque estaré en el campo
con la señora Rosemonde hasta que regrese mi marido.

El vizconde de Valmont, sobrino de la señora Rosemonde,
nos acompaña y nos entretiene.

Solo lo conocía por su mala fama y no me apetecía tenerlo cerca,
pero aquí, lejos de París y de los vicios que lo corrompen,
se lamenta de sus errores con una rara ingenuidad.
Sería una buena obra llevarlo al camino de la fe y de la virtud.

Adiós, reciba mi sincero afecto con la bondad de siempre.

Carta 8, de 11 de agosto de 1780
De la señora de Volanges a la señora de Tourvel

Querida amiga:

Aprecio mucho su amistad,
y por eso me siento obligada a hablarle del vizconde de Valmont.

Usted lleva una vida alejada de los escándalos de París
y no sabe que ese hombre es un corrupto y un pervertido.
Me habla usted de su rara ingenuidad,
¡oh, sí!, la ingenuidad de Valmont es muy rara, desde luego.
Parece amable y seductor, pero es falso y peligroso.

Usted sabe que soy tolerante con los errores,
pero la conducta de Valmont es intencionada.
Las mujeres son sus víctimas, las seduce y arruina su vida.
La única que ha resistido su maldad es la marquesa de Merteuil.

Amiga mía, si la gente se entera de que Valmont
está ahí con usted, pensarán mal y la criticarán,
y eso dañará su reputación.
Le aconsejo que haga todo lo posible
para que Valmont se marche,
y, si él se empeña en quedarse, márchese usted.
Porque ¿qué hace él ahí, lejos de París?
Si lo espiara, seguro que descubriría algún plan malvado.
En fin, amiga mía, protéjase de él.

La boda de mi hija se retrasará hasta el invierno.
Eso me disgusta, pero así usted podrá venir a la boda.

Adiós, querida amiga.

Carta 9, de 12 de agosto de 1780
De la marquesa de Merteuil al vizconde de Valmont

¿Estás enfadado conmigo, vizconde? ¿O estás muerto?
¿O es que solo vives para tu señora de Tourvel?
Me dices en tu carta que ella debe entregarse.
¡Oh, eso de la entrega es una fantasía del amor!
Aunque una mujer tenga deseos de entregarse,
está obligada a tener siempre una excusa
y por eso a veces da la impresión de que se entrega a la fuerza.

Pero hablemos de otra cosa.
Ayer vino a verme mi caballero Belleroche
y, como te dije, me enfadé con él.
Pero luego, para compensarlo, o compensarme a mí,
decidí llevarlo a mi casita del amor,
que tú conoces bien.
Así que le dije que volviera por la noche
y, mientras, mi fiel doncella Victorina y yo nos disfrazamos
y nos fuimos en coche hasta la casita.

Y cuando mi amante volvió por la noche,
mi portero le dio una nota para que fuera a la avenida.
Allí Victorina lo esperaba disfrazada de criado
para llevarlo hasta la casita, y cuando por fin llegó,
ansioso e ilusionado, lo besé y me eché a sus pies:
«He fingido estar enfadada para darte esta sorpresa.
Perdóname, quiero pagar mi culpa con amor».

Y entonces el feliz caballero me levantó en sus brazos
y me llevó al sofá donde tú y yo hemos gozado tantas veces.
Al día siguiente me preguntó cuándo podría volver,
pero quiero disfrutar despacio de mi caballero,
lo amo demasiado para acabarlo tan pronto.

Adiós, vizconde.

Carta 10, de 13 de agosto de 1780
De la señora de Tourvel a la señora de Volanges

Querida señora:

No se preocupe, que yo me siento muy segura aquí.
El vizconde se comporta como un hombre sencillo y sincero.
Es alegre y le gusta hacer cumplidos con delicadeza.
Si yo tuviese un hermano, me gustaría que fuese como Valmont.

Él mismo dice que ha hecho muchas locuras.
Pero no creo que sea un pervertido,
porque habla con gran respeto de las mujeres honradas,
como la marquesa de Merteuil.

Si yo lo espiara, sería para comprobar si usted tiene razón.
Y le prometo que intentaré que Valmont se marche.
Le agradezco la amistad que la impulsa a darme sus consejos.

Carta 11, de 15 de agosto de 1780
Del vizconde de Valmont a la marquesa de Merteuil

Amiga mía:

Al leer tu carta, me han dado ganas
de ir corriendo a verte
y pedirte que le seas infiel a tu caballero.
¿Sabes que tengo celos?
Mientras te entregues a muchos, yo no tendré celos.
Pero si existe otro hombre tan feliz como yo lo fui...
¡Eso no puedo soportarlo! ¡Vuelve conmigo!

Por cierto, ha pasado algo y aún no sé si es bueno o malo.
He descubierto que la señora de Tourvel
ha encargado a uno de sus criados que me espíe cuando salgo.
¡Me vengaré de ella!
Hasta ahora, mis paseos no tenían ningún motivo,
pero ahora voy a hacer que lo tengan.

Adiós, mi bella amiga.

Carta 12, de 19 de agosto de 1780
De Cécile Volanges a Sophie Carnay

¡Ay, mi querida Sophie!

El caballero Danceny me da mucha pena.
Ayer encontré una carta suya entre las cuerdas del arpa.
¡Si supieses lo que me dice!

He guardado la carta en mi escritorio.
Estoy muy contenta pero incómoda, porque no debo responder.
Esta noche veré a la marquesa de Merteuil,
que me quiere mucho, y le preguntaré qué debo hacer,
no quiero hacer nada que esté mal.

Adiós, mi querida Sophie, dime qué te parece todo esto.

Carta 13, de 18 de agosto de 1780
Del caballero Danceny a Cécile Volanges

Señora:

Le ruego que me permita declararle mis sentimientos.
Aunque ¿qué puedo decirle que mis ojos no le hayan dicho ya?
El sentimiento que ha despertado en mí no debe ofenderla,
porque es ardiente como mi alma pero tan puro como la suya.
Su respuesta me hará feliz o desgraciado para siempre.

Carta 14, de 20 de agosto de 1780
Del Cécile Volanges al caballero Danceny

Estaba usted tan triste ayer y me daba tanta pena,
que me obliga a responder a su carta,
aunque no debería hacerlo.
Ahora espero que no vuelva a pedirme que le escriba
y que nunca diga que yo le he escrito, porque me perjudicaría.
Le aseguro que esto no lo haría por ningún otro hombre.

No esté triste, yo solo quiero que nuestra amistad dure siempre,
pero, por Dios, no me escriba más.

Carta 15, de 20 de agosto de 1780
De la marquesa de Merteuil al vizconde de Valmont

¡Ah, qué granuja!
Me halagas para que no me burle de ti
por hacer el tonto con la señora de Tourvel.

Mi caballero no aprobaría
que tú y yo volviésemos a ser amantes,
pero a mí me ha hecho tanta gracia que me echado a reír.
Y acepto tu propuesta con una condición.
Cuando hayas conseguido a tu bella beata y puedas probarlo,
y me refiero a pruebas por escrito, ven a verme y seré tuya.
Seré tu recompensa, no tu consuelo.

La verdad es que siento curiosidad por conocer
qué puede escribir una beata después de haberse entregado
y con qué cubre sus pensamientos
después de desnudar su cuerpo.

Hasta que me des esas pruebas, mi querido vizconde,
seguiré siendo fiel a mi caballero y me divertirá hacerlo feliz.
Aunque, si yo fuese una viciosa,
la joven Volanges sería una rival más peligrosa que tú.
Estoy loca por esa criatura, y creo que pronto se convertirá
en una de nuestras mujeres de moda en París.
Estoy tentada de convertirla en mi discípula[9]...
Le vamos a dar a Gercourt una mujer ya formada
en lugar de la inocente colegiala que espera.

Adiós, vizconde.

Carta 16, de 20 de agosto de 1780
Del vizconde de Valmont a la marquesa de Merteuil

Mi bella amiga:

Al fin le he declarado mi pasión a la señora de Tourvel
y creo que ella me corresponde.
Te cuento lo que pasó: ¿recuerdas que me mandó espiar?

---

9. Persona que recibe las enseñanzas de un maestro.

Encargué a mi criado que buscase en los alrededores
a alguien que necesitase ayuda.
Encontró a una familia que no podía pagar los impuestos
y al día siguiente dije que iba a cazar y salí de casa,
con el espía detrás, para ir a pagar la deuda de esa familia.
Al llegar al lugar que indicó mi criado, vi que había mucha gente.
Busqué a la familia en apuros y pagué el dinero que debían.
Entonces se formó un corro de gente agradecida a mi alrededor.
Me asombró el placer físico
que se experimenta haciendo el bien.

Y me pareció justo pagar a esa pobre familia
por el gusto que acababan de darme.
Así que también les di todo el dinero que llevaba encima.
Por supuesto, entre toda aquella gente también estaba el espía.
El resto de la historia te lo contaré en la próxima carta.

Carta 17, de 20 de agosto de 1780
De la señora de Tourvel a la señora de Volanges

Muy señora mía:

Usted es justa y bondadosa y cambiará su opinión sobre Valmont
al saber lo que ha hecho esta mañana.
Se fue a dar uno de esos paseos sospechosos,
pero uno de mis criados tenía que ir por el mismo camino que él
y me ha contado lo que vio.
Dice que Valmont encontró a una familia numerosa,
desesperada porque no podía pagar los impuestos,
y que él pagó la deuda de aquella gente y además les dio dinero.

Entonces, ¿Valmont es de verdad un pervertido incorregible?
Creo que solo es un ejemplo del peligro que tienen las amistades,
que pueden llevar a una persona hacia el mal camino.

Espero que esto sirva para que cambie su opinión sobre Valmont.

Adiós, amiga mía.

Carta 18, de 20 de agosto de 1780
Del vizconde de Valmont a la marquesa de Merteuil

Continúo mi relato donde lo dejé en la carta anterior.
Después de mi generosa acción, volví a la casa de mi tía.
Mi beata empezó a dirigirme dulces miradas
y comprendí que el criado ya le había contado mi hazaña.

De pronto ella dijo: «¡Tengo una noticia que dar!»,
y le contó a mi tía lo que le había dicho su criado,
sin decir que le había ordenado espiarme, claro.
Habló de mí como si yo fuera un santo.

Por la tarde me quedé a solas con ella en el salón
y me dijo, mirándome con sus dulces ojos:
«Si está tan dispuesto a hacer el bien,
¿cómo puede pasarse la vida haciendo el mal?».

Y yo le respondí:
«Lo que pasa es que tengo un carácter muy fácil.
Cuando estoy con gente de malas costumbres, copio sus vicios.
Y ahora que estoy con usted, intento imitarla.
Yo solo quería agradarla... No quería decirle nada,
no quería que usted supiera que yo... la amo.
Pero soy incapaz de engañarla y aparentar lo que no es.
¡Oh, tenga piedad mí!».

Al decir esto, me arrojé a sus pies y cogí sus manos,
pero ella las retiró y, tapándose la cara, dijo:
«¡Ay, qué desgraciada soy!», y se echó a llorar.

Por fortuna, yo también me había echado a llorar,
y volví a coger sus manos y se las bañé de lágrimas.
Era importante que se diera cuenta de que yo lloraba.

Contemplé su rostro embellecido por las lágrimas
y estuve a punto de aprovechar el momento.
¡Menos mal que no lo hice!
Quiero que ella se rinda, pero después de luchar.
Y que reconozca que ha sido vencida por mí.

Se fue corriendo a encerrarse en su habitación.
La seguí, miré por la cerradura de su puerta
y vi que se arrodillaba, llorando y rezando.

¡Es inútil que busque ayuda en Dios,
yo soy el dueño de su destino!

Por la noche le escribí para quejarme de su dureza conmigo.
Adjunto una copia de la carta.

Adiós, mi hermosa amiga.

Carta 19, de 20 de agosto de 1780
Del vizconde de Valmont a la señora de Tourvel

Señora:

Por compasión, dígame qué debo esperar,
porque no saber lo que usted siente es una tortura.

No debí hablarle de mi amor.
Yo era feliz amándola en silencio.
Pero mi felicidad se ha convertido en desesperación
desde que la he visto llorar y lamentarse.

Diga que me perdona y que se compadece de mí.
Dígame lo que debo hacer
y reciba con bondad mis sentimientos.

Carta 20, de 22 de agosto de 1780
Del vizconde de Valmont a la marquesa de Merteuil

Mi beata me ha respondido. Adjunto su carta.
Léela y juzga tú misma.

Dice que no siente amor,
y tendré que fingir que creo esa mentira
porque a la señora le gusta hacerse la cruel.

¡Me vengaré de tanta maldad! Pero, paciencia...
Después de leerla, devuélveme la carta de la señora inhumana,
que me será útil para vengarme de sus miserias.

Y ya hablaremos en otro momento de la jovencita Volanges.

Carta 21, de 21 de agosto de 1780
De la señora de Tourvel al vizconde de Valmont

Muy señor mío:

Su comportamiento de ayer me ha producido asombro y miedo.
Lloré porque pensé que usted me confundía con esas mujeres
que desprecia, no lloré porque sienta algo por usted.
Y, si sintiera algo, escaparía y me iría muy lejos.

Tendría que haber seguido los consejos de mis amigos
y no haberle dejado acercarse a mí.
Y ahora me pide que yo guíe su conducta.

Pues bien, silencio y olvido, eso es lo que quiero.
Sus sentimientos me ofenden y, si insiste en ellos,
no querré verlo a usted nunca más.

Pero también quiero pedirle algo y, si me lo da,
además de tener mi perdón, le estaré agradecida.

Le devuelvo su carta. Devuélvame la mía, por favor.

Carta 22, de 23 de agosto de 1780
De Cécile Volanges a la marquesa de Merteuil

Mi querida señora:

Es usted muy buena y necesito sus consejos.
Estoy preocupada desde que me escribió el caballero Danceny.

Me dio mucho placer leer la carta que él me escribió.
Yo no quería responderle, pero no he podido evitarlo.
Solo lo he hecho una vez, para decirle que no me escriba más.
Pero sigue escribiéndome y está triste porque yo no le respondo.
Dígame, señora, por Dios, ¿haría mal en responderle alguna vez?
No sabe usted lo que he llorado al leer su última carta.
Le envío una copia para que vea que no hay nada malo.
Pero si usted cree que no debo responder, le prometo no hacerlo.

Me han dicho que es malo amar a un hombre, pero ¿por qué?
Si casi todo el mundo ama, ¿por qué yo no puedo?
¿O solo es malo para las mujeres solteras?

Si mamá se enterase de mi amistad con Danceny, se enfadaría.
Creí que me sacaba del convento para casarme,
pero ahora no sé...

Espero que me ayude.

Carta 23, de 23 de agosto de 1780
Del caballero Danceny a Cécile Volanges

Señora:

Cada día amanece con la esperanza de su respuesta,
pero el día se acaba y se lleva mi esperanza.

Su silencio me dice que su corazón no siente nada por mí.
Adiós, señora.

Deseaba una respuesta amorosa, quizá amistosa,
y al final solo esperaba una respuesta compasiva.
Pero la compasión, la amistad y el amor
son cosas que su corazón no conoce.

Carta 24, de 24 de agosto de 1780
De Cécile Volanges a Sophie Carnay

Querida Sophie:

La marquesa de Merteuil piensa igual que yo.
Al principio dijo que no debía responder a Danceny,
pero cuando le expliqué lo triste que estaba él,
estuvo de acuerdo en que este caso es diferente.

Pero me pide que le enseñe todas mis cartas y las del caballero
para estar segura de que escribiré solo lo que convenga.
¡Cuánto quiero a la señora de Merteuil! ¡Es tan buena!

También me ha dicho que no se debe confesar el amor
a menos que sea necesario, y que me prestará libros sobre eso.
Pero me ha pedido que no le diga nada a mamá de los libros,
porque parecería que no se había ocupado de mi educación.
Dice que es cierto lo de mi boda y que hablaremos mañana.
Adiós, querida amiga, voy a escribir al caballero Danceny.
¡Qué contento se pondrá! Estoy loca de alegría.

Carta 25, de 24 de agosto de 1780
De Cécile Volanges al caballero Danceny

Al fin le escribo a usted para hablarle de mi amistad,
de mi amor, para que no se sienta desgraciado.
Dice usted que no tengo corazón, pero no es así.
Yo también he sufrido.
Pero por nada del mundo haría algo malo.

Espero que ya no esté triste y que seamos felices.
Ya sabe que lo amo.
Quiero que estemos juntos el mayor tiempo posible.

Quede con Dios, caballero mío.
Lo amo de todo corazón,
y cuanto más se lo digo, más contenta estoy.
Espero que ahora usted también esté contento.

Carta 26, de 25 de agosto de 1780
Del caballero Danceny a Cécile Volanges

Sí, señora, seremos felices.
Mi felicidad es completa, pues usted me ama.
¡Ah!, le juro que dedicaré mi vida entera a hacerla feliz
y esté segura de que no romperé mi juramento.

Adiós, mi amable Cécile.
Me despido de usted
porque llega la hora en que debo ir a su casa a visitarla.
La amo tanto y la amaré toda mi vida, y siempre más y más.

Carta 27, de 24 de agosto de 1780
De la señora de Volanges a la señora de Tourvel

Mi querida amiga:

Quiere usted que crea que Valmont es honrado,
y para demostrármelo me cuenta algo bueno que ha hecho.

Es como si me dijera que un hombre honrado es un malvado
porque ha cometido un error.
La humanidad no es perfecta, ni en lo bueno ni en lo malo.
El malo suele tener cosas buenas y el bueno tiene sus debilidades.
Pero me parece peligroso tratar igual al malvado que al honrado.

Dice usted que Valmont es un ejemplo
del peligro de las amistades,
y que solo se comporta mal porque va con malas compañías.
Pero, entonces, él también sería una amistad peligrosa, ¿no?
Me preocupa que lo defienda con tanta pasión.

Cuando alguien pierde el aprecio de los demás
no tiene derecho a quejarse de desconfianza.
A veces, la sociedad pone límites a lo que podemos hacer,
porque, cuando no hay límites, es más fácil hacer el mal.

Me dirá usted que la buena sociedad ha perdonado
a la marquesa de Merteuil por relacionarse con Valmont,
y me preguntará que por qué, si es un pervertido,
lo recibo en mi casa.
Por qué las personas honradas lo reciben.

La señora de Merteuil es muy respetable,
pero confía demasiado en sí misma y ha tenido mucha suerte.
En cuanto a mí, recibo en mi casa al señor de Valmont, sí,
y todo el mundo lo recibe. Le explico por qué.

El señor de Valmont es de familia noble, posee riqueza,
y es muy seductor y astuto.
Por eso, aunque ninguno lo aprecia, todos lo aplauden.
Se cree usted segura en su propia honradez.
Pero piense que la juzgarán personas frívolas, superficiales,
que no creen en la decencia porque no la tienen.

Escuche mis razones, amiga mía, se lo suplico.
Prefiero que se queje por mi exceso de prudencia
que por mi falta de ella.

Carta 28, de 24 de agosto de 1780
De la marquesa de Merteuil al vizconde de Valmont

Vizconde:

¿Quieres convencer a tu beata de que se entregue?
Entonces, tienes que enternecerla, no discutir con ella.

Esa mujer es más fuerte de lo que yo creía, se defiende bien,
aunque pone excusas para no cortar la relación contigo.
Creo que tienes razón, está enamorada de ti.

Te devuelvo sus dos cartas y me despido ya, que es muy tarde.

Carta 29, de 25 de agosto de 1780
Del vizconde de Valmont a la marquesa de Merteuil

Amiga mía:

Desde que me declaré a mi cruel beata,
ella evita encontrarse conmigo, no responde a mis cartas,
y, para entregarle cada carta, tengo que utilizar algún truco
que no siempre sale bien.

La última vez lo conseguí.
Pero, cuando vio que la carta era mía,
la rompió en pedazos y los guardó en su bolsillo, y luego se fue.
Pero estoy seguro de que siente curiosidad por leerla.

Adiós, mi bella amiga,
adjunto copia de las cartas que le he escrito.

Carta 30, de 21 de agosto de 1780
Del vizconde de Valmont a la señora de Tourvel

Muy señora mía:

Aunque me impone el silencio y el olvido,
mi amor resiste sus golpes y no puede destruirlo,
porque es obra suya y no mía... Pero voy a obedecerla.

Veo por su carta que le han hablado mal de mí.
Pero no me puede juzgar sin decirme cuál es mi crimen
y quiénes son los que me acusan para que yo pueda defenderme.
Dígame qué quiere que haga, y lo haré.

Carta 31, de 23 de agosto de 1780
Del vizconde de Valmont a la señora de Tourvel

Cada día es usted más dura e injusta conmigo.
Me ha condenado sin escucharme y rechaza mis cartas.

Al conocerla, mi alma se sintió atraída por su alma pura.
Admiro su bello rostro, pero adoro su bondad y su honradez.
No pienso en poseerla, solo quiero merecerla.
Con usted, conocí el amor, pero quise ocultarlo.
Y ayer no pude contener mis palabras ni las lágrimas.
¡Ah!, sea usted generosa y piense en cuánto sufro.
Una palabra suya decidirá mi destino para siempre.

Carta 32, de 25 de agosto de 1780
La señora de Tourvel a la señora de Volanges

Muy señora mía:

Escucho sus consejos y sus razones, pero me cuesta creer
que Valmont sea tan peligroso como usted dice.

Pero, ya que me lo aconseja, le pediré a Valmont que se marche.
Y quizá él acepte, porque quiere demostrarme que es honrado.
Si él no se va, le prometo que me marcharé yo.
Ya ve que estoy dispuesta a seguir los consejos de mis amigos.

Carta 33, de 27 de agosto de 1780
De la marquesa de Merteuil al vizconde de Valmont

Me han llegado todas tus cartas a la vez, vizconde.
Mientras me tomo tiempo para leerlas, te hablaré de otra cosa.

¿Sabes lo que te has perdido al no encargarte
de la joven Volanges?
Es deliciosa, aún no tiene carácter ni principios,
pero sí cierta falsedad natural, si se puede decir así,
que le será útil, porque su rostro es dulce como el de una niña.

Es cariñosa e ingenua, y me pide que la eduque.
Casi estoy celosa del hombre que tenga ese placer.
Al principio, fui dura sobre su relación con Danceny,
pero le he dicho que puede escribirle y decirle que lo ama.
Aunque él todavía no ha conseguido que le dé ni un beso.

Tú conoces a Danceny, ayúdalo a ir más rápido.
Y acaba ya con tu beata, que no quiero que Gercourt
se libre de ser un cornudo.

Ya he conseguido que la joven Volanges odie a Gercourt,
pero, eso sí, he insistido en que debe ser una esposa fiel.
Adiós, vizconde, voy a leer tus cartas.

Carta 34, de 27 de agosto de 1780
De Cécile Volanges a Sophie Carnay

Mi querida Sophie:

Estoy inquieta y triste, y he llorado toda la noche.
Ayer estuve en la ópera con la marquesa de Merteuil
y me dijo que me casaré con el conde de Gercourt en octubre.
Es rico, militar, un gran caballero. Hasta aquí todo bien.
Pero es viejo, por lo menos tiene 36 años,
y la marquesa cree que no seré feliz con él porque es triste y serio.

Me ha hablado de las obligaciones de las mujeres casadas
y dice que, cuando me case, no podré amar al caballero Danceny.
¡Como si eso fuera posible!
Pero si le digo a mi madre que no quiero este marido,
me devolvería al convento y sería peor.

Mi único consuelo es la señora de Merteuil, ¡es tan buena!
Lo poco que sé me lo ha enseñado ella.
Al menos, a esta señora sí puedo quererla
sin que haya nada malo.
Si pudiese vivir siempre como ahora, sería muy feliz...

G. BARBIER
1929

Carta 35, de 27 de agosto de 1780
Del vizconde de Valmont a la marquesa de Merteuil
(por la mañana)

Después de negarse a recibir y a responder a mis cartas,
mi hermosa beata me pide que me vaya.
Pero me ha parecido bueno que me pida algo,
porque así me debe un favor.

¿Te acuerdas de cuando mi beata, muy enfadada,
rompió mi última carta en pedazos
y luego se la guardó en el bolsillo?
Pues al día siguiente ya había recobrado su dulzura natural
y me dijo que me había escrito para pedirme un favor.
Y me entregó su carta.
Léela, y lee también mi respuesta.

Carta 36, de 25 de agosto de 1780
De la señora de Tourvel al vizconde de Valmont

Señor:

Cada día me da usted más motivos de queja.
Se empeña en hablarme de un sentimiento que no quiero oír
y abusa de mi buena fe para entregarme cartas
que no quiero leer.

Pero en vez de recordar estas ofensas,
solo voy a pedirle que haga una cosa y, si lo hace, lo perdonaré.
Quiero que se marche, que se aleje de mí,
pues la opinión pública siempre piensa mal
y critica a las mujeres a las que usted corteja[10].
Hace tiempo que mis amigos me advirtieron sobre usted,
y yo lo defendí pensando que no me daría motivos de queja.
Pero me equivoqué, y debo pedirle que se vaya.

Si usted no se va, me marcharé yo.
Si me hace el favor de marcharse, me demostrará
que las mujeres honradas no tienen nada que temer de usted.

Carta 37, de 26 de agosto de 1780
Del vizconde de Valmont a la señora de Tourvel

Mi señora:

Aunque sus condiciones sean duras, las cumpliré,
porque nunca podría ir contra sus deseos.
Y deje que le ponga yo otras condiciones más fáciles de cumplir.
La primera es que me diga quiénes me han acusado,
pues me han hecho daño
y tengo derecho a conocer sus nombres.

---

10. Intentar seducir a una persona.

La otra condición es que me permita escribirle de vez en cuando.

Por eso, antes de marchar quiero pedirle una cita.
Adiós, reciba mi expresión del amor más tierno y respetuoso.

Carta 38, de 27 de agosto de 1780
Del vizconde de Valmont a la marquesa de Merteuil
(por la noche, continuación de la carta 35)

Ahora pensemos, querida amiga.
Tú sabes que la honrada señora de Tourvel
no delatará a sus amigos
para decirme quiénes le han hablado mal de mí.
Pero como no puede aceptar esta condición,
acepta la otra, es decir, que le escriba.
Así que gano marchándome.

Pero antes de irme tengo que saber
quién le ha hablado mal de mí,
ella recibe muchas cartas, tengo que leerlas.
Durante la comida vi bajar a su doncella.
Puse una excusa y fui a su cuarto,
abrí los cajones, pero no encontré ninguna carta.
Entonces se me ocurrió que las debe guardar en los bolsillos
que tenéis las mujeres bajo el vestido.
Tengo que conseguir esas malditas cartas.

Carta 39, de 27 de agosto de 1780
De la señora de Tourvel al vizconde de Valmont

Muy señor mío:

¿Por qué me obedece solo a medias?
Me pide cosas imposibles.
Mis amigos me han aconsejado por mi bien,
y, aunque estén equivocados, su intención es buena.
No vuelva a pedirme que los traicione.

La otra petición que me hace de que acepte sus cartas
también es difícil de aceptar, y no me puede culpar por ello.
No quiero ofenderlo, pero, con la reputación que tiene,
ninguna mujer confesaría que recibe cartas de usted.

Pero si me asegura que sus cartas no me darán motivo de queja,
permitiré que me escriba de vez en cuando.
Espero que ahora pueda cumplir su palabra.

Carta 40, de 28 de agosto de 1780
Del vizconde de Valmont a la marquesa de Merteuil

Compartirá mi alegría, querida amiga: ¡ella me ama!
He dominado a un corazón rebelde,
aunque intenta disimularlo.

He descubierto un doble misterio de amor y maldad:
disfrutaré del amor y me vengaré de la maldad,
iré de placer en placer.

Intenté convencer a la doncella de que me diese las cartas,
pero ella se negó y temí que se lo contara a su señora.
Entonces recordé que mi criado es el amante de esta doncella,
y entre él y yo preparamos un plan
para obligarla a entregarme las cartas.

Fui por la noche al cuarto de mi criado y entré con una excusa.
Estaban él y la doncella en la cama;
mandé a mi criado a por agua y me quedé a solas con la joven,
que estaba muy avergonzada,
y no le permití taparse ni cambiar de postura.

Me senté a su lado en la cama, sin tocarla, y le hablé con calma.
Le dije que yo guardaría su secreto
si ella me entregaba las cartas de su señora. Y le ofrecí dinero.
A la noche siguiente, la doncella me trajo las cartas.

Me puse a leerlas y encontré los pedazos de mi carta
que la beata había roto: los había pegado
y vi que tenían señales de lágrimas...
¡Besé la carta, como un niño!

Seguí leyendo y descubrí quién le había hablado mal de mí.
Tú la conoces: es la señora de Volanges.

No puedes imaginarte los horrores que esta mujer diabólica
ha escrito sobre mí.
No puedo seducirla a ella, pero seduciré a su hija:
voy a deshonrarla, voy a herir a esa mujer en lo que más quiere.

Lamento que Danceny sea el héroe de esta aventura,
porque es un hombre de honor y eso nos estorbará.
Pero hay una cosa a nuestro favor:
mi tía me ha pedido que invite a la señora de Volanges
a pasar una temporada con ella.

Adiós, mi bella amiga, hasta mañana, o pasado mañana.

Carta 41, de 29 de agosto de 1780
De la señora de Tourvel a la señora de Volanges

Mi querida señora:

El vizconde de Valmont se ha marchado esta mañana.
He creído que debía contárselo para tranquilizarla.

La señora Rosemonde echa mucho de menos a su sobrino,
porque hay que reconocer que su trato es muy agradable,
y ha pasado toda la mañana hablándome de él y llorando.
Ahora nos queda la esperanza de que usted acepte la invitación
que el señor de Valmont le hará de parte de su tía.
Espero verla pronto por aquí y poder conocer a su hija.

Carta 42, de 29 de agosto de 1780
Del caballero Danceny a Cécile Volanges

¿Qué te pasa, mi adorada Cécile?
¿Qué ha podido provocar en ti un cambio tan cruel?
¡No sabes cuánto me has hecho sufrir hoy, Cécile mía!
¿Crees que yo podría vivir si tú dejaras de amarme?
Ese miedo me paraliza y me desespera.
Yo quiero seguir diciendo que te amo, sí, mi Cécile.
Repite conmigo esas palabras, no me niegues tu amor.

Carta 43, de 30 de agosto de 1780
Del vizconde de Valmont a la marquesa de Merteuil

Ayer no pude verte, mi encantadora amiga.
Llegué a París a eso de las siete y fui hasta la ópera,
donde esperaba encontrarte.
Pero como no estabas, fui a ver a mi amiga Émilie,
y sus amigos me invitaron a cenar con ellos.

Un hombrecillo gordo pagaba la cena
a cambio de pasar la noche con Émilie.
Decidí estropear sus planes, aunque me costó convencer a Émilie,
porque el hombrecillo es rico. Pero al final lo emborrachamos,
lo enviamos a su casa en mi coche y yo ocupé su lugar.
Luego le he escrito una carta a mi beata en la cama.
Émilie ha dejado que me apoye en ella para escribir.

En la carta explico mi situación y mi conducta
y a Émilie le ha hecho mucha gracia, adjunto la carta.

Iré a verte hoy a las seis y, si quieres, luego iremos juntos
a casa de la señora de Volanges para invitarla a casa de mi tía.

Adiós, hermosa mía. Tengo ganas de poner celoso a Belleroche.

Carta 44, de 30 de agosto de 1780
Del vizconde de Valmont a la señora de Tourvel

Muy señora mía:

No he dormido en toda la noche, consumido por la pasión.
Mientras le escribo esto pienso en la fuerza irresistible del amor...
Tengo que interrumpir esta carta un momento.

Espero que un día experimente usted lo que ahora siento.
Señora, solo las pasiones conducen a la felicidad.
Jamás he tenido tanto gusto al escribirle a usted,
nunca había sentido una emoción tan ardiente.
El aire está lleno de placer sensual
y la mesa que utilizo es para mí como un altar sagrado del amor.

Discúlpeme, tal vez no debería dejarme llevar por un arrebato
que no comparto con usted... tengo que dejarla un momento...

Vuelvo a usted para suplicarle que me responda
y que no dude jamás de mi sinceridad.

Adiós, señora.

Carta 45, de 31 de agosto de 1780
De Cécile Volanges al caballero Danceny

Tengo que olvidar lo que siento por usted, señor.
Será muy doloroso, pero es el castigo por entregarle mi corazón,
que solo puede ser de Dios y de mi marido, cuando lo tenga.

No me escriba más, porque no le responderé
y me obligaría a contarle a mi madre lo que pasa.
Conservaré por usted todo el afecto posible,
y con toda mi alma le deseo la mayor felicidad.

Si pudiese amar a alguno, lo amaría solo a usted.

Carta 46, de 1 de septiembre de 1780
De la señora de Tourvel al vizconde de Valmont

Muy señor mío:

¿Así cumple usted las condiciones que puse?

Me escribe como si hubiera enloquecido.
De vuelta a París se olvidará de ese sentimiento.
¿No está ahí rodeado de mujeres más amables que yo?

Solo le pido, otra vez, que no vuelva a escribirme
ni hablarme de un sentimiento que no debo escuchar
y mucho menos responder.

Carta 47, de 2 de septiembre de 1780
De la marquesa de Merteuil al vizconde de Valmont

Querido vizconde:

Eres insoportable. Te he estado esperando
y por tu culpa he llegado tarde a casa de la señora de Volanges.
Las viejas me han encontrado tan maravillosa
que he tenido que hacerles cumplidos toda la noche.
Porque no conviene enfadar a las ancianas,
ya que la reputación de las jóvenes depende de ellas.

Lo que quería decirte es que la pequeña Volanges
ha ido a confesarse y se lo ha contado todo al cura
como una tonta.
Desde entonces tiene tanto miedo
de ir al infierno por sus pecados
que ya no quiere ver a Danceny, aunque lo quiere mucho.

Yo le he dicho que está bien que rompa con Danceny,
pero que tiene que darle una cita para devolverle las cartas.

Por Dios, anima a Danceny y haz que aproveche esa cita.
Sería vergonzoso no lograr lo que queremos
con estos muchachos: que se entreguen.

Carta 48, de 3 de septiembre de 1780
Del vizconde de Valmont a la señora de Tourvel

Usted me prohíbe que le hable de mi amor.
¿Quiere usted que pierda el único consuelo que me queda?

Usted piensa que puedo cambiar mis sentimientos y engañarla,
y, recordando los errores que yo le he confesado,
confunde lo que he sido en otro tiempo con lo que soy ahora.

Cuando yo era muy joven y sin experiencia,
pasé de mano en mano por muchas mujeres fáciles.
Pero aquello solo fue un pasatiempo en el que caí por vanidad[11].
Los juegos amorosos distraían mi corazón, pero no lo llenaban.
Me ofrecían placeres y yo buscaba ideales.

Pero al verla a usted me di cuenta
de que el encanto del amor viene de las cualidades del alma.
Y por eso la amo, y por eso es imposible que ame a otra.

―――――――――

11. Arrogancia, deseo de ser admirado.

Carta 49, de 4 de septiembre de 1780
De la marquesa de Merteuil al vizconde de Valmont

No conozco hombre más tonto en cosas de amor que Danceny.
La cita de ayer entre los jóvenes no sirvió de nada:
la pequeña Volanges volvió a jurarle amor eterno,
pero el tonto de Danceny no ha aprovechado la ocasión.

Esta joven merecía un pretendiente mejor, pero yo seré su amiga.
Le he prometido educarla y cumpliré mi palabra.

Adiós, ven a verme por la mañana,
que hoy estaré en mi casita del amor.

Carta 50, de 4 de septiembre de 1780
De Cécile Volanges a Sophie Carnay

Mi querida Sophie:

Danceny y yo ya estamos otra vez como antes.
¡Ah!, no me arrepiento, y no me riñas.
¡Si supieras qué triste es ver sufrir a quien se ama,
y lo difícil que es decir «no» cuando se quiere decir «sí»!

Cuando veo a Danceny, no quiero nada más,
y cuando no lo veo, solo quiero estar con él.
Recuerdo sus palabras, las escucho, y siento un fuego...,
es como un tormento, pero que da mucho placer.

Y creo que este amor también influye en la amistad.
Es lo que me pasa con la señora de Merteuil.

Me parece que la quiero de la forma en que quiero a Danceny
y algunas veces me gustaría que ella fuese él.

Solo me entristece la idea de mi boda con Gercourt,
porque si él es como me han dicho, no sé qué será de mí.

Adiós, mi Sophie, te quiero como siempre.

Carta 51, de 5 de septiembre de 1780
De la señora de Tourvel al vizconde de Valmont

Si creyera que sus sentimientos son sinceros,
los temería aún más.
Supongamos que usted me amase de verdad,
¿es que entonces desaparecerían
los obstáculos que nos separan?
Sabe que yo no puedo entregarme a este amor,
y, si lo hiciera, yo sería digna de lástima y usted sería infeliz.

Se lo ruego, deje de inquietar mi corazón, que necesita paz.
Mi marido me quiere, y yo lo amo a él y lo respeto.
Si hay otros placeres, no los deseo ni quiero conocerlos.
¿Puede haber mayor placer que el de estar bien con uno mismo,
dormir sin preocupación y despertar sin culpa?

Usted debía escribirme solo de vez en cuando,
pero me escribe con demasiada frecuencia.
Sus cartas debían ser razonables,
pero solo me habla de su loco amor.
Le pido que no me hable de ciertas cosas
y las repite de otro modo.
No quiero responderle. No le responderé más.

¡Y con qué desprecio habla de las mujeres que ha seducido!
Quizá algunas lo merecen, pero ¿son todas tan despreciables?
¿Con qué derecho viene a romper mi tranquilidad?
Déjeme. No me escriba más, se lo ruego, y se lo exijo.
Esta es la última carta que recibirá de mí.

Carta 52, de 5 de septiembre de 1780
Del vizconde de Valmont a la marquesa de Merteuil

Ya me conozco de memoria a Danceny, a este héroe de novela.
No es nada fácil convencerlo,
porque se encuentra a gusto sintiéndose un caballero honrado.
Lo que más valora un hombre joven, honrado y enamorado
es tener la seguridad de que lo aman.
Tendríamos que haberle puesto más obstáculos y más misterio
a nuestro joven, en lugar de facilitarle las cosas,
pues los obstáculos y el misterio animan las pasiones.

¿Qué haremos ahora? No lo sé.

No creo que la joven se entregue a Danceny antes de su boda.
Lo siento mucho, pero no veo la solución.

Y mientras yo pienso en esto, tú te dedicas a tu caballero,
pero no me olvido de tu promesa de serle infiel conmigo.

Te abrazo con ansia y te deseo, mi bella amiga.

Carta 53, de 7 de septiembre de 1780
Del vizconde de Valmont a la señora de Tourvel

¿Por qué se enfada usted conmigo y me critica?
Siento el mayor respeto por usted y cumplo todos sus deseos.
Mi único consuelo era verla,
pero me ha pedido que no lo haga y yo he obedecido.

Como recompensa por mi sacrificio,
usted me dejó que yo le escribiera de vez en cuando,
y hoy me quiere privar también de ese único placer.
¡Pues me defenderé para que no me lo quite!

Además de tratarme de forma tan dura, a mí,
que la respeto y la amo, usted quiere despreciarme.

No quiero desobedecerla,
pero deje que siga escribiéndole cartas, se lo suplico.
Mire mis lágrimas, ¿me va negar eso también?

Carta 54, de 8 de septiembre de 1780
Del vizconde de Valmont a la marquersa de Merteuil

Amiga mía:

¿Sabes qué ha pasado con Danceny?
Te incluyo la carta que me ha escrito.
Me ha pedido una cita para esta noche y no sé qué decirle.
Pero no perderé el tiempo escuchando sus lamentos.
Los lamentos amorosos solo pueden oírse en verso y en la ópera.
Infórmame de lo que pasa y de lo que debo hacer.

Adiós, amiga mía.

Carta 55, de 8 de septiembre de 1780
Del caballero Danceny al vizconde de Valmont
(esta carta se envía junto con la anterior)

¡Ay, amigo mío!, estoy desesperado, lo he perdido todo.
No me atrevo a contarle mis penas en esta carta,
pero necesito hablar con un amigo.
¿A qué hora puedo ir a verlo?

Usted es mi única esperanza,
porque es sensible y conoce el amor.
Por favor, dígame a qué hora puedo ir a su casa.

Carta 56, de 7 de septiembre de 1780
De Cécile Volanges a Sophie Carnay

Mi querida Sophie:

¡Mamá se ha enterado de todo!
Anoche parecía de mal humor
y, mientras ella jugaba a las cartas,
yo estuve hablando de Danceny con la marquesa de Merteuil.
No creo que mamá nos haya escuchado.

Cuando la marquesa se marchó, yo me fui a mi cuarto,
pero mamá entró y me pidió la llave de mi escritorio.
Yo me eché a temblar, pero tuve que obedecer.
En el primer cajoncito que abrió estaban las cartas de Danceny.
Y cuando vi que empezaba a leerlas, me desmayé.

Mamá me ordenó acostarme y se llevó las cartas.
He estado llorando toda la noche.
Tengo que escribir a la marquesa de Merteuil.
No creo que vuelva a ver a Danceny... ¡Soy muy desgraciada!
Quizá le pueda entregar a la marquesa una carta para Danceny.
No me atrevo a encargárselo a mi doncella,
porque quizá ha sido ella la que me ha delatado.
Cuando pienso que no volveré a ver más a Danceny,
preferiría estar muerta.

Adiós, mi querida Sophie.

Carta 57, de 7 de septiembre de 1780
De la señora de Volanges al caballero Danceny

Caballero:

Usted ha abusado de mi confianza y de la inocencia de mi hija,
y, por eso, le pido que no vuelva a venir a mi casa.
Ha respondido a las muestras de sincera amistad
con una conducta impropia de un hombre honrado.
Si insiste en verla, mi hija se irá al convento para siempre.
Junto a esta carta encontrará un paquete
con las cartas que usted le ha escrito a ella.
Y usted me devolverá todas las cartas de mi hija
para no dejar rastro de algo que yo recordaré con indignación,
ella con vergüenza y usted con culpa.

Carta 58, de 9 de septiembre de 1780
De la marquesa de Merteuil al vizconde de Valmont

Vizconde:

Claro que puedo explicarte la carta de Danceny,
porque es obra mía, y, por tanto, una obra maestra.

En tu última carta me decías que este héroe de novela
necesitaba obstáculos para decidirse a actuar.

En cuanto me señalan mis errores, los corrijo.
Y por eso, tras leer tu carta, elaboré un plan.

Por la noche fui a casa de la señora de Volanges.
Le dije que su hija y Danceny tenían una amistad peligrosa
y que una vez vi a la muchacha
guardar una carta en su escritorio.
Le pregunté: «¿Sabe si su hija recibe cartas a menudo?».
Entonces a la señora de Volanges se le saltaron las lágrimas.
«Le doy las gracias, querida amiga —me dijo—.
Yo me enteraré.»

Le dije que no le hablara a su hija de lo que yo le había contado.
También le expliqué que sería bueno
que la chica tuviese confianza conmigo,
que me contara sus cosas, porque así yo podría aconsejarla.
La madre estuvo de acuerdo y prometió no decirle nada.
De esta forma sigo siendo amiga de la joven
sin parecer falsa ante su madre.

Después de esta breve conversación con la madre,
llevé a un rincón a mi jovencita y le hablé de Danceny.
Le di esperanzas para que después el golpe fuera más fuerte.
Porque creo que cuanto más sufra ahora,
antes aprovechará la ocasión de ser feliz.
Será un sueño desagradable con un despertar maravilloso.
He puesto algo de malicia, es verdad,
¡pero tengo que divertirme!

A la mañana siguiente, la madre y la hija me enviaron,
cada una por su lado, una nota.
Me eché a reír porque las dos habían escrito la misma frase:
«Solo usted puede ayudarme».

Todo ha salido de maravilla.
A la madre le quité la idea de devolver a su hija al convento.
Luego fui a ver a la hija. ¡Qué bella está cuando sufre!
La tranquilicé sobre lo de volver al convento y le di esperanzas
de ver a Danceny en secreto. Cuando ya me iba,
quiso darme una carta para Danceny, pero no la cogí:
no les voy a dar un modo fácil y rápido de olvidar sus penas.

Así que volví al cuarto de la madre y la convencí
de que se llevara a su hija lejos de París por algún tiempo.
Y ¿adónde...? A casa de tu tía, la vieja Rosemonde.
¡Seguro que aceptará la invitación!
Ahora podrás ir a ver a tu beata sin problema,
porque ya no podrá quejarse de que está a solas contigo.
¿No se te llena el corazón de alegría?

Tienes que convertirte en amigo de estos jóvenes.
De ti depende el final de la historia.
Si la chica vuelve virgen de allí, tú tendrás la culpa.

Creo que le he dado una lección a la pequeña Volanges
sobre el peligro de guardar las cartas.
La verdad es que sigo pensando en hacerla mi discípula.

Carta 59, de 7 de septiembre de 1780
Del caballero Danceny a la señora de Volanges
(incluida en la carta 61 del vizconde a la marquesa)

Muy señora mía:

Lamento mucho lo que ha pasado.
Yo nunca he abusado de su confianza ni de la inocencia
de la señorita de Volanges, y siempre las he respetado.
Quizá a usted no le guste el sentimiento que me inspira su hija,
pero no puede ofenderla.

Me prohíbe ir a su casa, y yo lo respetaré.
Pero, ¿consentir que su hija me olvide y yo olvidarla?
¡No, jamás! Le seré fiel, se lo he jurado a ella.

Sobre las cartas que ella me escribió y que usted me pide,
lo siento mucho, pero no puedo dárselas.
El deber más sagrado es no traicionar la confianza
que otra persona ha depositado en mí.
Si su hija acepta dárselas a usted, que lo haga.
Pero si ella quiere guardar el secreto, yo lo respetaré.

Y esté tranquila, que no diré nada sobre esto
ni haré nunca nada que pueda perjudicar
a la señorita de Volanges.

Carta 60, de 7 de septiembre de 1780
Del caballero Danceny a Cécile Volanges
(incluida en la carta 61 del vizconde a la marquesa)

¡Oh, Cécile! ¿Qué será de nosotros?
No imaginas mi desesperación al leer la carta de tu madre.
¿Quién ha podido traicionarnos? ¿Qué harás ahora?
Te copio la carta que le he escrito a tu madre.

La tía de mi gran amigo Valmont ha invitado a tu madre
a ir a su casa de campo, y mi amigo también irá allí.
Él es amigo de la marquesa de Merteuil, a la que quieres,
y espero que confíes en él, porque ha prometido ayudarnos.
Daría mi vida por hacerte feliz, lo sabes.

Adiós, mi amor.

Carta 61, de 7 de septiembre de 1780
Del vizconde de Valmont a la marquesa de Merteuil

Mi bella amiga:

Te incluyo las cartas que Danceny escribió en mi presencia.
Hay que inclinarse ante tu gran talento.
Danceny está muy ansioso y, si la pequeña Volanges es obediente,
la cosa será muy rápida.

Danceny no quiso decirle a la madre
que renunciará al amor que siente por su hija:
«sería engañar», me dijo.
Qué escrupuloso, teniendo en cuenta
que quiere seducir a su hija.
A los malvados que son cobardes los llaman decentes.

En cuanto a las cartas de la niña, Danceny no las devolverá,
y eso es bueno, porque pueden sernos útiles:
si se anula la boda y no podemos ridiculizar a Gercourt,
yo tengo derecho a vengarme de la madre deshonrando a la hija.
Y para ello usaría algunas cartas que le escribió a Danceny,
así parecería que la joven Volanges fue la que se me entregó.
Danceny no estaría de acuerdo con esto, claro,
pero creo que podría dominarlo.

Adiós, bella amiga. No le digas a la señora de Volanges
que iré a casa de mi tía, porque entonces ella no iría.

Carta 62, de 9 de septiembre de 1780
De la señora de Tourvel al vizconde de Valmont

Muy señor mío:

Me siento muy incómoda respondiendo a su carta.
No ha respetado las condiciones que puse
para aceptar sus cartas.

Deje de usar un lenguaje que no puedo ni quiero oír
y renuncie a un sentimiento que me ofende.
¿Es que usted solo puede tener un sentimiento amoroso?
¿No quiere tenerme como amiga?
Dice usted que ha corregido sus errores,
en ese caso, preferirá la amistad de una mujer honrada
a los lamentos de una mujer culpable.

Necesito su palabra de que mi amistad le bastará
y olvidaré entonces todo lo que me ha dicho.

Quede con Dios, señor vizconde.

Carta 63, de 10 de septiembre de 1780
Del vizconde de Valmont a la señora de Tourvel

Muy señora mía:

El amor verdadero que usted me inspira
va más allá de los más puros sentimientos de la amistad.
No, señora, no seré su amigo.
No me puede quitar la alegría de amarla. No, y mil veces no.
La amaré con el amor más ardiente y respetuoso.

Tal vez un día me haga justicia y se diga: lo juzgué mal.
Tampoco se hace justicia a usted misma
al rechazar el amor que despierta en mí.
Me inclino a sus pies y juro que la amaré siempre.

Carta 64, de 10 de septiembre de 1780
De Cécile Volanges al caballero Danceny

Me preguntas qué hago: te amo y lloro. ¡Te quiero tanto!
Mi madre no me habla, me ha quitado papel, plumas y tintero,
y te escribo a lápiz en una esquina de tu carta.

El señor de Valmont nunca me gustó
y no sabía que fuese tan amigo tuyo,
pero trataré de acostumbrarme a él y lo querré por ti.
No sé quién nos ha traicionado, quizá mi doncella o mi confesor.
¡Qué desgraciada soy!

Mañana nos vamos al campo.
Estas palabras a lápiz tal vez se borren,
pero nunca se borrarán
los sentimientos grabados en mi corazón.

Carta 65, de 11 de septiembre de 1780
Del vizconde de Valmont a la marquesa de Merteuil

Tengo que avisarte de algo importante, mi querida amiga.
Ayer fui a una cena y la gente habló de ti.
Yo dije todo lo bueno que pienso y todos estaban de acuerdo,
hasta que alguien opinó en contra: Prevan.

Dijo que tu honestidad se debía a tu inteligencia,
porque los hombres que te cortejan se cansan
de intentar estar a tu altura y se distraen con mujeres más bellas.
Y que por eso no has tenido que defenderte de los hombres
tanto como las otras mujeres.
Algunas señoras sonrieron al oír esto
y luego escuché que desafiaban a Prevan a que te conquistara.
Él dijo que te seduciría y que luego haría pública la historia.

Tengo que decirte que este Prevan, al que no conoces,
es muy amable, pero sobre todo muy hábil y peligroso.
Es el único rival al que de verdad temo.
Así que, aparte de protegerte de él,
me harías un gran favor dejándolo en ridículo.
A cambio, te prometo que podrás vengarte de Gercourt.

Por cierto, la beata se ha rendido: ¡quiere que sea su amigo!
Pero he rechazado su oferta de amistad.
A mí me gustan los caminos nuevos y difíciles,
y nunca me hubiera tomado tantas molestias
para acabar en una amistad vulgar.

Yo quiero que ella se sienta culpable
con cada sacrificio que me haga.
Primero la obligaré a mostrarme su deseo
y luego, solo luego, le daré el placer de tenerme en sus brazos.

Adiós, mi bella amiga. Me voy mañana.
Hazme llegar tus maravillosas órdenes y defiéndete de Prevan.

Carta 66, de 11 de septiembre de 1780
Del caballero Danceny a Cécile Volanges
(entregada el día 14)

Cécile mía:

Valmont te dará esta carta mientras yo muero lejos de ti.
¡Qué horrible es causarte pena!
Sin mí, estarías feliz y tranquila, ¿podrás perdonarme?
Di que sí, que me perdonas, y que me amarás siempre.
Para resolver esta situación, Valmont dice que confíes en él.
Me entristecía la idea que tenías sobre Valmont,
creo que por influencia de tu madre.
Te ruego que seas comprensiva, él quiere ser tu amigo.
Solo él puede darme la felicidad de verte.
Y si estas razones no te convencen, Cécile mía,
entonces no me amas como yo a ti.

Adiós, mi encantadora Cécile. Te mando el beso más tierno.

Carta 67, de 14 de septiembre de 1780
Del vizconde de Valmont a Cécile Volanges
(entregada junto con la carta anterior)

El amigo que le escribe y la protege ha sabido
que usted no tiene nada para escribir, y ha puesto papel,
plumas y tinta en la sala que hay junto a su cuarto.

Ahí puede dejar sus cartas para que él las recoja,
y le aconseja devolver las cartas después de leerlas
para no arriesgarse ni comprometerse.

Si usted confía en él,
hará lo posible por ayudar a su amigo y a usted
contra el trato que les da una madre muy cruel.

Carta 68, de 15 de septiembre de 1780
De la marquesa de Merteuil al vizconde de Valmont

¿Desde cuándo te asustas tan fácilmente, vizconde?
Ayer vi a Prevan en la ópera, es muy guapo.
¿Y dices que quiere conquistarme?
Pues me dará mucho gusto, ¿cómo voy a decirle que no?

Al salir de la ópera, vi que Prevan estaba cerca de mí,
así que hablé en voz alta para que me oyera,
y dije que el viernes iría a cenar a casa de la señora de ***.
Sé que Prevan me oyó y espero que también vaya a la cena.
Voy a ponerle las cosas fáciles.

Cuéntame algo de sus aventuras, que no sé nada de él.

Carta 69, de 17 de septiembre de 1780
Del vizconde de Valmont a la marquesa de Merteuil

O tu carta es una broma que no entiendo
o delirabas mientras la escribías.
¿Crees que no debes tener cuidado con Prevan?
Pues harás mal, porque es un hombre muy peligroso.
¡Ah, creo que ya sé lo que has querido decir!
Hablas de lo que quieres que crea él
para que caiga en la trampa que le preparas.
Me parece bien, pero ten cuidado, porque es muy listo.

Hay muchas formas de deshonrar a una mujer,
y a veces basta con crear la apariencia de algo malo
para que todos crean que es verdad, aunque no lo sea.

Vaya, tengo miedo. No dudo de tu habilidad,
pero hasta los buenos nadadores se ahogan.

Hablemos de otra cosa.
Volví a la casa de mi tía sin avisar, cuando estaban comiendo.
Entré haciendo ruido para llamar la atención.
Mi bella dama estaba de espaldas a la puerta
y gritó al oír mi voz, creo que más por amor que por sorpresa.

Por la tarde escribí a la joven Volanges para darle indicaciones
y luego fui al salón, donde mi beata estaba echada en un diván[12].

---

12. Asiento alargado y sin respaldo donde uno se recuesta o se tumba.

La miré de la cabeza a los pies y se despertó mi deseo.
Ella me miró con sus dulces ojos y, al ver cómo la miraba yo,
bajó la mirada y yo hice lo mismo.
Entonces empezamos un juego de miradas.
Por un momento, noté en sus ojos el amor y el deseo.
Pero cambió de postura y desvió la mirada, con vergüenza.

Luego le di a la jovencita Volanges la carta de Danceny.
Te adjunto carta de mi bella beata.

Adiós, te amo. Y defiéndete de Prevan.

Carta 70, de 15 de septiembre de 1780
Del vizconde de Valmont a la señora de Tourvel

Cuando por una bendita casualidad vuelvo a casa de mi tía,
usted pone todo su empeño en evitarme.
Ayer esquivó mi mirada, y solo por un instante
pude ver su dulzura, pero fue tan breve...

¿Qué he hecho yo para perder su amistad?
¿Por qué las cosas más inocentes la hacen enfadar?
¿No se cansa de ser injusta conmigo?

Y ya que estoy obligado a obedecerla,
al menos dígame qué quiere que yo haga.

Carta 71, de 16 de septiembre de 1780
De la señora de Tourvel al vizconde de Valmont

Quien lea sus cartas pensará que soy injusta o rara.
Pero soy yo quien tiene derecho a quejarse.
Al llegar usted a esta casa,
su mala reputación me obligaba a ser reservada.

Reconozco que al principio se mostró usted agradable,
aunque pronto se cansó.
Y entonces, abusando de mi buena fe,
me habló de un sentimiento que debía ofenderme.

Yo le pedí que cambiara su conducta
o que se marchara y usted consintió.
Pero me pidió permiso para escribirme, y no debí aceptar,
porque de las condiciones que puse no ha cumplido ni una.
Rompe sus promesas o las olvida, como jugando,
y vuelve a presentarse aquí.
Sin consideración, sin tener la delicadeza de avisarme.

Si doy un paso, lo encuentro a usted a mi lado.
Si hablo, es usted quien me responde.
Usa cualquier excusa para iniciar una conversación
que podría comprometerme.
Porque, caballero, por hábil que usted sea,
lo que yo entiendo pueden entenderlo también los demás.

¡Y usted se queja de mi conducta!
Soy demasiado tolerante,
pero me marcharé de aquí si no deja de perseguirme.
Respeto y amo a mi marido, y siempre le seré fiel.

Adiós.

Carta 72, de 18 de septiembre de 1780
Del vizconde de Valmont a la marquesa de Merteuil

Hoy no te voy a fastidiar con mis andanzas,
porque voy a hablarte del guapísimo Prevan.
¿No conoces la famosa aventura de las inseparables?

Recordarás a tres jóvenes bonitas, inteligentes y ricas
que estaban muy unidas. Todo París hablaba de ellas.
Las tres se pusieron de acuerdo para elegir novios
y, en lugar de celos y enfados entre ellas,
estrecharon su amistad y parecían muy felices.

Prevan quiso saber si era cierta esa amistad tan grande
y si las tres eran realmente tan felices como decían.
Cortejó a cada una por separado y sedujo a las tres,
haciendo que cada una pensara que solo la quería a ella,
e incluso hizo que escribieran cartas de ruptura a sus amantes.

Y entonces los amantes, indignados y ofendidos,
fueron a visitar a Prevan para retarlo a un duelo[13].
Pero Prevan es tan hábil que logró poner a los amantes
de su parte, mostrándoles que no tenían que vengarse de él,
sino de sus infieles mujeres.
Y preparó un plan para desenmascararlas delante de ellos.

Los amantes engañados consideraron a Prevan un amigo.
Rompieron su relación con las tres mujeres
y contaron esta historia, destruyendo el honor de las tres.

Así es Prevan.
Supongo que no querrás ser parte de sus trofeos.
Espero que ahora seas más prudente.
Adiós y, créeme, te amo como si fueras sensata.

Carta 73, de 18 de septiembre de 1780
Del caballero Danceny a Cécile Volanges

Mi querida Cécile:

¿Cuándo volveremos a vernos?
No puedo soportar esta ausencia.
Valmont había prometido ayudarme, pero me ha olvidado.
Tampoco tú me escribes, ¿es que ya no quieres verme?

---

13. Enfrentamiento pactado entre dos personas
    para solucionar una cuestión de honor.

Este amor se ha convertido en mi mayor tormento.
Yo no puedo vivir así, tengo que verte.
Si te imagino apenada, sufro,
y si te imagino tranquila y feliz, sufro aún más.

Solo nos separan 45 kilómetros,
pero para mí es una distancia insuperable.
Y cuando pido ayuda, nadie me responde.
No quiero dudar de tu amor,
pero mi situación es horrorosa y no puedo soportarla más.

Adiós, mi adorada Cécile.

Carta 74, de 20 de septiembre de 1780
De la marquesa de Merteuil al vizconde de Valmont

¿Quieres ser mi maestro y aconsejarme, vizconde?
Mi pobre Valmont.
Ni tú ni ningún otro hombre llegaréis jamás a mi altura.
¿Qué has hecho tú que yo no te haya superado mil veces?
Has seducido y deshonrado a muchas mujeres, es cierto,
¿pero qué obstáculos has tenido que superar?
¿Por qué crees que eso es un mérito tuyo?

Eres atractivo y tienes algún talento,
pero lo primero es pura casualidad
y lo segundo se aprende con el trato social.

Eres atrevido y seguro, pero creo que eso se debe
a las facilidades que siempre has tenido.

Esas son todas tus cualidades,
porque el arte de aprovechar la ocasión
para dar un escándalo no cuenta.
Cualquier mujer tiene más prudencia y delicadeza que tú,
porque nosotras debemos protegernos.
En el juego amoroso, tan desigual,
nunca hay riesgo para los hombres, no tenéis que protegeros.

Para vosotros, las derrotas solo son éxitos que no habéis logrado.
Mientras que nosotras somos afortunadas si no perdemos.
Vosotros dirigís las relaciones y solo vosotros podéis romperlas.
Y nosotras tenemos que estar contentas
si os conformáis con abandonarnos sin hacernos daño.

Porque una mujer que quiere romper la relación
se expone a grandes riesgos.
Tiembla cuando intenta alejar de ella
al hombre que ya no quiere
y debe tener los brazos abiertos aunque su corazón esté cerrado.

Cuando la relación se acaba, a la mujer no le queda nada
si el hombre no es generoso con ella.
Pero ¿cómo va a ser generoso un hombre
si nunca lo critican cuando es egoísta?

Pero yo he hecho de esos hombres peligrosos
un juguete de mis caprichos sin perder mi reputación.
Nací para vengar a las mujeres y dominar a los hombres.
Sigo siempre mis reglas y los principios que yo me he creado.
Puedo decir que me he educado a mí misma.
Era casi una niña cuando entré en sociedad,
pero me he sacrificado mucho para aprender.

Siempre he sido dueña de mis pensamientos,
de todos mis gestos, de mis palabras,
y antes de los 15 años ya tenía esa habilidad hipócrita[14]
que tienen los mejores políticos.
Aunque tenía gran curiosidad por conocer el amor,
llegué virgen a los brazos del señor de Merteuil.
Yo sabía por instinto que no debía confiar en mi marido
y aparenté desinterés por los placeres del sexo.
Eso hizo que mi marido tuviera una fe ciega en mí,
y, además, él siempre me vio como a una niña.

Luego mi marido me llevó a su casa de campo
y el aburrimiento hizo que probara nuevas experiencias.
Supe entonces que el amor no es la causa del placer,
sino una excusa para gozar.

Mi marido murió poco después, como sabes.
Mientras duró el luto, me quedé en la casa de campo.

_____

14. Actitud de la persona que finge tener unas ideas o sentimientos,
   generalmente positivos, pero que en realidad tiene otros contrarios.

Allí estudié las costumbres, la moral y el arte del disimulo
para saber lo que se debía pensar, lo que se podía hacer
y lo que era necesario aparentar.

Cuando el luto acabó y volví a la vida social,
me dediqué a atraer a los hombres que me gustaban
y a alejar a los que querían casarse conmigo.
No quería perder mi libertad
y la buena situación que me había dejado mi marido.

Tuve cuidado de halagar[15] a las mujeres mayores.
Al principio, mi conducta fue un poco imprudente.
Luego rectifiqué diciendo que, gracias a esas mujeres decentes,
yo también había seguido el camino de la honestidad.
Entonces, las ancianas se convirtieron en mis grandes defensoras.

Otra de las precauciones que he tomado siempre,
además de no escribir cartas que me comprometan,
es la de conocer los secretos de mis amantes.
Por eso a veces menosprecio a esos hombres peligrosos.

Es verdad que a ti te he contado todos mis secretos,
pero tú y yo tenemos intereses que nos unen.
También mi doncella, Victorina, conoce mis secretos.
Pero ella es hermana mía de leche,
que para la gente de su clase es un vínculo familiar.

---

15. Mostrar a alguien una admiración exagerada
    o decirle cosas agradables para ganarse su simpatía.

Tengo la custodia de Victorina por orden de un juez,
pues sus padres querían encerrarla por una locura de amor
que cometió cuando era más joven.

Si en algún momento su conducta no es apropiada,
puedo hacer que la detengan.
Y nadie creería a una mujer deshonrada a la que yo salvé
y he protegido durante estos años.

Y que yo me haya esforzado tanto
para ahora tener miedo de un hombre y huir de él, ¡no, jamás!
Hay que vencer o morir.
Quiero tener a Prevan, y lo tendré.
Él quiere que se sepa, y no se sabrá.
Eso es todo.

Adiós, vizconde.

Carta 75, de 27 de septiembre de 1780
De Cécile Volanges al caballero Danceny

¡Oh, Dios! ¡Qué tristeza he sentido al leer tu carta!
¿Qué significa eso de que no puedes vivir así?
¿Vas a dejar de quererme porque ya no es tan agradable?
Si el señor de Valmont no te ha escrito, no es culpa mía.
¡Es todo tan difícil! Yo hago lo que puedo.

Claro que quiero decirte que te amaré siempre.
Antes decías que eso bastaba para hacerte feliz.
¿Y porque estemos separados ya no piensas lo mismo?
¡Dios mío, qué desgraciada soy! Y tú eres la causa...
Adiós, te amo de todo corazón y te amaré eternamente.
Espero que ahora no estés triste.
Escribe en cuanto puedas.

Carta 76, de 23 de septiembre de 1780
Del vizconde de Valmont a la señora de Tourvel

Muy señora mía:

Le suplico que lea esta carta. Quiero recuperar aquella confianza
que empezaba a darme usted.
Su mayor encanto, lo que la hace a usted respetable y poderosa,
es que me hace amar los sentimientos honrados y puros.
Cometí errores, pero rectifiqué gracias a usted.

¿Mi amor la asusta y le parece violento?
Pues suavícelo con su amor.
Haré cualquier sacrificio si me recompensa con su amor.
Y si la amistad es lo más dulce que siente su alma,
me conformaré con eso.
Pero deme una cita y convénzame, en lugar de luchar contra mí.
Seré feliz si puedo probarle de mil maneras
que usted es y será siempre lo que más ama mi corazón.

Carta 77, de 24 de septiembre de 1780
Del vizconde de Valmont a Cécile Volanges

Ayer no pude entregarle la carta, y no sé si podré hoy,
pero creo que al fin he encontrado un medio seguro.
Todo sería muy fácil si yo tuviera la llave de su cuarto,
que su madre deja sobre la repisa de la chimenea.

Yo le daré una llave muy parecida para que la ponga en su lugar.
Este pequeño engaño es el único medio para recibir
y enviar las cartas, los demás son muy peligrosos.

Cuando tenga la llave todo será mucho más fácil.
Pero no le diga nada a Danceny, porque se pondría impaciente.

Adiós, mi bella niña.
Ame un poco a su tutor y le irá mejor.

Carta 78, de 24 de septiembre de 1780
De la marquesa de Merteuil al vizconde de Valmont

Ya puedes estar tranquilo.
Prevan no será rival para ti durante algún tiempo,
y quizá no se recupere nunca del golpe que le he dado.

Qué suerte tienes de que yo sea amiga tuya.
Te contaré cómo fue la aventura.

Dejé que Prevan se acercara a mí, siempre con testigos,
y represento para él mi papel de mujer vencida por el amor.
Sabía que él intentaría estar a solas conmigo,
y así fue: vino a visitarme.
¡Qué fácil es adivinar lo que va a hacer un hombre!
Recibí a Prevan y él me suplicó una palabra de amor
y yo, después de prepararme con un largo suspiro, se la di.

Volvió a la mañana siguiente,
pero le dije que en mi casa no tendríamos tranquilidad,
que cualquiera podía entrar...
Así que pensamos que era mejor vernos por la noche.

Acordamos que yo daría una cena a la que él asistiría
y luego se iría solo: pero en vez de irse en su carruaje,
se escondería y luego subiría por la escalera secreta
que da a mi cuarto y me esperaría allí.

Cuando llegó el día, di instrucciones a Victorina.
A medianoche, cuando se acabaron las partidas de cartas,
los jugadores como Prevan se marcharon,
y yo propuse un entretenimiento para que todos vieran
que no tenía prisa por quedarme sola.

Por fin, cuando se fueron todos los invitados,
fui en camisón, de puntillas, hasta mi habitación...
El rayo no es más rápido: Prevan se abalanzó sobre mí
antes de que pudiera hacer nada para detenerlo o defenderme.

Cuando acabó, le dije:
«Tendrá usted una gran historia que contar a sus amigos,
pero me muero por saber
cómo contará el final de esta aventura».
Al decir esto, tiré de la campanilla lo más fuerte que pude.

Victorina acudió con todos mis criados,
que, siguiendo mis órdenes, estaban en su cuarto, de tertulia.
Entonces le dije a Prevan, usando mi tono de reina:
«¡Salga de aquí, caballero, y que no vuelva a verlo jamás!».

Al verse rodeado por mis criados,
Prevan perdió la cabeza y sacó su espada,
pero uno de mis criados lo tumbó en el suelo.
Les dije a los criados que lo dejaran marchar,
y se fueron acompañando a Prevan hasta la calle
con gran escándalo, como yo esperaba.

Cuando volvieron los criados les pregunté,
haciendo como que temblaba por el susto,
por qué estaban levantados a esas horas.
Entonces Victorina explicó todo como habíamos preparado.

Les di las gracias y envié a buscar a mi médico:
era un modo de que la noticia se supiese rápidamente.
Ha salido tan bien que, por la tarde, todo París ya lo sabía.
Luego escribiré a la señora de Volanges
para que la noticia circule por el campo.

Mi caballero Belleroche está furioso y quiere desafiar a Prevan. Ahora me voy a descansar.

Adiós, querido vizconde.

Carta 79, de 26 de septiembre de 1780
De la marquesa de Merteuil a la señora de Volanges

Mi querida y buena amiga:

Escribo desde mi cama, pues un incidente desagradable
me ha hecho enfermar del susto. Le contaré lo que pasó.
Encontré en una cena a cierto caballero, Prevan,
que parecía ser un hombre decente y agradable.
Lo vi también en el teatro y luego él me hizo una visita formal.

Le mandé una invitación para una gran cena que di anteayer.
No hablé con él ni cuatro palabras
y se marchó al terminar las partidas de cartas.

Los invitados estuvieron hasta casi las dos de la mañana.
Los criados se retiraron y yo fui a mi cuarto.
Entonces oí un ruido y un hombre apareció ante mí.
Grité, y en ese momento reconocí al señor Prevan.
Con una desvergüenza increíble me dijo que no me asustase,
que me iba a explicar por qué estaba allí, que no gritara.
Yo estaba aterrada y tiré de la campanilla con fuerza.

Por fortuna, mis criados no se habían acostado aún,
estaban de tertulia en el cuarto de mi doncella.
Hubo gran escándalo, los criados estaban furiosos
y uno de ellos casi mata a Prevan.
El alboroto despertó a los vecinos,
mis criados han contado lo ocurrido
y toda la ciudad se ha enterado.
Mis conocidos se han preocupado por mí
y todo el mundo está indignado con Prevan.

Pero esto no me quita el terrible disgusto.
Además, ese hombre tendrá amigos,
¡y quién sabe lo que inventarán para hacerme daño!
Escríbame usted qué hubiera hecho en mi lugar.

Adiós, mi querida y buena amiga.

Carta 80, de 26 de septiembre de 1780
De Cécile Volanges al vizconde de Valmont

Muy señor mío:

No me atrevo a coger la llave, es muy peligroso.
Su llave se parece a la mía, pero no son iguales
y mi madre se daría cuenta.
Creo que es mejor que nos quedemos como estamos,
prefiero tener paciencia y no arriesgarme tanto.

Estoy segura de que Danceny diría lo mismo que yo.
Le devuelvo su carta y la de Danceny, y también la llave.

Le agradezco su preocupación y su bondad.

Carta 81, de 26 de septiembre de 1780
Del vizconde de Valmont al caballero Danceny

Amigo mío:

No tengo la culpa de que sus asuntos vayan lentos.
Tengo que luchar contra la vigilancia de la señora de Volanges
y contra los obstáculos que su amiguita me pone.

Yo había encontrado un medio sencillo, cómodo y seguro
de entregarle sus cartas y de facilitar después una cita.
Pero no he podido convencer a su joven amiga.
Debería usted escribirle sobre esto.
No es que yo dude de ella,
pero quizá no le ama tanto como dice.
Pero no se inquiete, que no desconfío de ella
y hago esto solo por amistad.

Adiós, amigo mío.

Carta 82, de 27 de septiembre de 1780
De la señora de Tourvel al vizconde de Valmont

Le suplico que no volvamos a vernos, señor.
Márchese y evitemos toda conversación peligrosa,
en la que nunca puedo decirle lo que quiero
y paso el tiempo escuchando lo que no debería oír.

La distancia no acabará con mis sentimientos hacia usted,
porque ya no tengo valor para luchar contra ellos.
Sí, no me asusta confesarlo, solo me asusta mi debilidad.
Pero aunque no pueda dominar mis sentimientos,
controlaré mis actos, aunque me cueste la vida.

Alguna vez me ha dicho que no quería una felicidad
a cambio de mis lágrimas.
¡Oh, querido vizconde, vea mi sufrimiento y escuche mi súplica!
Yo me sacrificaría por su felicidad sin dudarlo,
pero no quiero ser culpable. Antes prefiero morir.

Se lo suplico, si me ama, ayúdeme y déjeme,
y añadiré a mis sentimientos un agradecimiento infinito.

Adiós, adiós, señor.

Carta 83, de 27 de septiembre de 1780
Del vizconde de Valmont a la señora de Tourvel

Señora:

Su carta me ha dejado hundido y no sé qué decir.
Si hay que escoger entre su desgracia y la mía,
es a mí a quien hay que sacrificar.
Pero antes le suplico que me escuche.

Nos unen los sentimientos más dulces,
pero un absurdo miedo nos separa
por los comentarios que otros han hecho sobre mí.

Quiero oír de su boca esa orden.
Si tengo que renunciar al amor, quiero al menos su compasión.
Le suplico que me escuche, por piedad.

Carta 84, de 27 de septiembre de 1780
Del caballero Danceny al vizconde de Valmont

¡Oh, amigo mío!
Su carta me ha llenado de miedo.

Cécile... Oh, Dios, ¿Cécile ya no me ama?
¿Es eso lo que quiere decirme? Hábleme claro, se lo suplico.

Dígame qué es lo que le ha dicho ella,
pues una misma palabra puede tener sentidos diferentes
y usted podría haberla entendido mal.

¿Qué debo hacer? ¿Qué me aconseja?
Su ausencia es tan cruel...
¿Y ella ha rechazado verme?
Quizá era peligroso. Ella sabe que no quiero que se arriesgue.
Si ella supiera cuánto sufro, se enternecería.
Tiene un gran corazón y tengo muchas pruebas de su cariño.
Pero es muy tímida y vergonzosa, ¡es tan joven!
Le pediré que se deje aconsejar por usted y quizá consienta.
No sé cómo agradecerle lo que hace por mí.

Adiós, amigo mío.
Voy a escribir a Cécile ahora mismo.

Carta 85, de 27 de septiembre de 1780
Del caballero Danceny a Cécile Volanges

He sentido mucha pena cuando Valmont me ha contado
la poca confianza que tienes en él, el único que puede ayudarnos.
Cécile, ¿es cierto que has rechazado verme? ¿Y eso es amor?
¿Podrías decirme los motivos, al menos?
Una corta ausencia ha cambiado tus sentimientos.
Yo sufriría menos si fuera a morir.

No creeré jamás en el amor si tú me engañas.
¿Es cierto que ya no me amas? No, eso es imposible.
Solo es un temor pasajero, un momento de desánimo,
¿verdad, Cécile mía? Ah, sin duda, me equivoco al acusarte.

¡Cécile, usa todos los medios para que podamos vernos!
Mira a lo que lleva la ausencia: temores, sospechas, frialdad.
Ay, Cécile, eres la única que puede hacerme feliz.

Carta 86, de 18 de septiembre de 1780
De Cécile Volanges al caballero Danceny

En tu carta solo leo acusaciones. No te entiendo.
¿Qué te ha dicho el señor Valmont?
¿Y por qué crees que ya no te amo?
Eso sería bueno para mí, porque sufriría menos.

Tú crees que te engaño y que no te digo la verdad,
vaya idea tienes de mí, entonces.
Pero supongamos que mintiera, ¿qué gano yo con mentir?
Si no te quisiera, lo diría y todo el mundo me aplaudiría.
¿Qué he hecho yo para que te enfades tanto?

No me he atrevido a robar la llave
porque temía que mi madre se diese cuenta
y, además, porque creo que estaría mal hecho.

No sabía si tú querías que la robara.
Pero como veo que sí lo quieres, robaré la llave mañana.

Te suplico que no te molestes, que no estés triste
y que me ames tanto como yo a ti.
Entonces estaré contenta.

Carta 87, de 28 de septiembre de 1780
De Cécile Volanges al vizconde de Valmont

Muy señor mío:

Como veo que todos quieren que coja la llave, lo haré mañana.
No sé por qué le ha dicho al señor Danceny
que ya no lo amaba.
No creo que usted tenga motivo para pensar eso.
Le ha causado mucha pena a él y a mí también.

Me haría un favor si le dijese a Danceny
que usted está seguro de mi amor por él.
Danceny confía en usted más que en nadie.

Le agradezco lo que hace por mí.
Su muy humilde y obediente servidora.

Carta 88, de 1 de octubre de 1780
Del vizconde de Valmont a la marquesa de Merteuil

Supongo que esperabas oír mis elogios
por tu aventura con Prevan.
Pero cuando hay que elogiar a una mujer,
es mejor dejar que se encargue ella de eso.

Pero, en fin, te doy las gracias y la enhorabuena,
te has superado.
En cuanto a la señora de Tourvel,
me gusta ver a esta mujer prudente
metida sin darse cuenta en un callejón sin salida.

Me gusta usar mi poder para que caiga en lugar de sostenerla.
Ah, disfruto de estos combates entre el amor y la prudencia,
antes de que se vea degradada por su deshonra
y acabe siendo una simple mujer vulgar.

Pero tratemos de otro tema más alegre:
tu discípula, que ahora es mi discípula.
Empecé a observar que la joven Volanges es muy bonita
y pensé que sería una tontería desaprovechar la ocasión.

Le hice creer que si me daba la llave de su cuarto
las cosas serían más fáciles:
entregar las cartas, citas nocturnas, todo cómodo y seguro.

Al principio se negó, entonces escribí a Danceny
quejándome de ella y el pobre tonto le exigió que lo hiciese.

La noche pasada entré en el cuarto de mi discípula.
Estaba durmiendo y la desperté,
calmándola para que no gritara.
Y después me tomé algunas libertades.

Mientras ella intentaba defenderse de un beso,
dejó el resto sin defensa y yo puse ahí mi mano.
La joven, espantada, quiso gritar y, llorando,
cogió el cordón de la campanilla, pero la detuve:
«¿Quieres deshonrarte para siempre?
A mí no me importa que vengan,
todos creerán que me dejaste entrar: aquí tengo tu llave».

Entonces dejó de defenderse.
Yo le prometí todo por un beso, al principio se negó,
pero luego aceptó pensando que yo me iría.
Su buena fe merecía recompensa, así que quité mi mano,
pero, no sé cómo, me puse yo en el lugar de la mano...

Y una vez seguro de llegar, para qué darme prisa.
Tuve la malicia de utilizar solo la fuerza que ella podía resistir.
Y así, sin usar otros medios, la muchachita acabó consintiendo,
aunque luego vinieron los reproches y las lágrimas.
Al final, quedamos contentos los dos
y nos citamos para esta noche.

Por la mañana quise ver la cara de la jovencita:
confusión, dificultad para andar, mirada baja, ojos hinchados,
¡qué cosa tan graciosa!
La madre, alarmada, la trató con ternura
y la señora de Tourvel corrió a cuidarla...
¡Pronto se cuidarán la una a la otra!

Carta 89, de 1 de octubre de 1780
De Cécile Volanges a la marquesa de Merteuil

¡Ay, Dios mío, marquesa, qué desgraciada soy!
No sé cómo decírselo... No sé qué hacer...
Solo puedo confiar en usted. ¡Es tan buena conmigo!
Pero ahora debe reñirme porque soy culpable.
Debe saber que...
Me tiembla la mano, casi no puedo escribir.

El señor Valmont me entregaba las cartas de Danceny,
pero, de pronto, le pareció que era demasiado peligroso
y quiso tener una llave de mi cuarto, pero yo no quise dársela.
Entonces, Valmont escribió a Danceny
y él me dijo que lo hiciera.
Y ayer, el señor Valmont usó la llave
para entrar en mi cuarto mientras yo dormía.
Me asustó muchísimo.

Quiso abrazarme y yo me defendí, claro.
Pero cuando intenté tocar la campanilla,
me dijo que, si lo hacía, me echaría la culpa.
Luego dijo que se marcharía si yo le daba un beso.
Yo lo besé, ¿qué podía hacer?

Pero después de ese beso quiso otro, yo estaba confusa.
Y después fue peor. ¡Oh, qué maldad!
No me pida que se lo cuente.
Tengo miedo de no haberme defendido tanto como debiera.
No sé cómo pasó, porque yo no quiero a Valmont, lo odio.
Pero hubo momentos en que me comporté como si lo amase,
le decía que no, pero... ¡estaba tan confusa!
En fin, ¿creerá usted que consentí que volviese esta noche?
¡Oh, pero le prometo que no dejaré que venga!

Y por eso lloro sin parar, sobre todo al pensar en Danceny.
Le ruego que me ayude, pero no le diga nada a Valmont.

Soy su humilde servidora.
No me atrevo a firmar esta carta.

Carta 90, de 2 de octubre de 1780
De la señora Volanges a la marquesa de Merteuil

Hace muy pocos días usted me pedía consuelo y consejo,
y hoy tengo que pedírselos yo sobre mi hija.

Ayer estaba demacrada y triste.
Le pregunté si estaba enferma
y se echó en mis brazos, llorando.
Sentí una pena inmensa al verla en ese estado,
y creo que es a causa de su amor por Danceny.

No quiero causar la desgracia de mi hija
y no permitiré que se case con un hombre
si está enamorada de otro.
Creo que debo romper el compromiso con Gercourt.
Pienso en las desgracias que sufrirá mi hija casándose con él
en lugar de la felicidad de tener un esposo que ella ha elegido,
que la ama y que también es feliz.

¿Hay que sacrificar la felicidad por interés?
Es verdad que Gercourt es un gran partido para mi hija,
pero Danceny también es de una familia buena.
Y también tiene grandes cualidades personales,
además, tiene la ventaja de amar y ser amado.

Es cierto que no es rico, pero mi hija sí lo es.
Así que prefiero aplazar la boda con Gercourt.

Amiga mía, sé que usted es muy joven aún
para pensar en estas cosas,
pero su inteligencia es muy superior a su edad
y necesito su consejo.

Carta 91, de 2 de octubre de 1780
Del vizconde de Valmont a la marquesa de Merteuil

Mientras mi beata avanza pasito a pasito, tu discípula retrocede.
Es una niña ridícula a la que hay que castigar.
¡Esta noche ha cerrado la puerta de su cuarto por dentro!
Si lo ha hecho para defenderse de mí, llega un poco tarde.
Hoy he tenido una escena con la señora de Tourvel
que me ha dejado alguna emoción.
Me encontré con ella cuando salía de su habitación.
Hablamos un momento, luego me dejó entrar en su cuarto.

Nos sentamos, la halagué, le pedí consuelo
y ella puso su mano sobre la mía.
Entonces sus hermosos ojos me miraron y dijo:
«Pues yo...», y de repente cerró los ojos y cayó en mis brazos.
Pero enseguida se apartó de mí gritando: «¡Dios mío! ¡Sálveme!».
Después me abrazó llorando:
«¡Si no quiere matarme, déjeme, por Dios!».

Me tenía agarrado con tanta fuerza que apenas podía moverme.
Con gran esfuerzo la tomé entre mis brazos.
Entonces dejó de hablar y de llorar,
se puso rígida y empezó a tener convulsiones.
Yo estaba emocionado, la atendí un poco y me fui.

Por la noche bajó a cenar, en contra de lo que yo esperaba.
Me miró con dulzura y al despedirse me apretó la mano.

¡Cuando las beatas dan el primer paso, ya no saben contenerse!
Si yo no fuera tras ella, ella correría detrás de mí.

¿Estás dispuesta a cumplir tu promesa y serle infiel a tu amante?
Yo le seré infiel a mi beata.
Será su castigo por tenerme separado tanto tiempo de ti.

Adiós, mi amiga querida.

Carta 92, de 2 de octubre de 1780
Del vizconde de Valmont a la marquesa de Merteuil
(por la noche)

¡Amiga mía, estoy perdido, desesperado!
La señora de Tourvel se ha ido sin decirme nada.
¡Ah, mujeres, mujeres! ¡Y luego os quejáis si os engañan!
¡Con qué gusto me vengaré de esto!
Encontraré a esta malvada mujer y volveré a dominarla.
Haré que se arrodille ante mí suplicando mi perdón.

Qué insensato he sido. Yo temía su prudencia
y era su mala fe lo que debía temer.
Y encima tengo que fingir dolor cuando lo que siento es rabia.
¡Tener que suplicarle a una mujer
que se ha rebelado contra mí...!

Ah, una fuerza me arrastra hacia ella.
Aunque muchas otras mujeres desean que las conquiste,
ninguna puede competir con esta, aunque no sé por qué.
Solo descansaré cuando posea a esta mujer,
a la que odio y amo con igual pasión.

Mientras tanto, le diré que me quedo en casa de mi tía,
y, cuando más tranquila esté, me presentaré en su casa.
Mi criado está en París y se ve con su doncella,
le he dado instrucciones para que me envíe sus cartas
y me cuente todo lo que ocurre en la casa.

Adiós, mi bella amiga.
Estoy más tranquilo después de escribirte,
porque sé que me entiendes.
Cada vez estoy más convencido
de que, en este mundo, solo tú y yo valemos algo.

Carta 93, de 3 de octubre de 1780
De la señora de Tourvel a la señora Rosemonde

Mi querida y respetada amiga:

Le sorprenderá que me vaya de su casa con tanta prisa.
Y aún se sorprenderá más cuando le cuente el motivo.
Mi corazón necesita desahogarse con usted,
a la que quiero como si fuera mi madre.

Le ruego que me mire como si fuera su hija.

¡Qué puedo decirle...! ¡Estoy enamorada! ¡Sí! ¡Amo con locura!

Pero huiré de él, porque más vale morir que vivir culpable.

Le confieso que la decencia que aún me queda

es gracias a la generosidad de él:

yo ya no podía resistirme,

pero él se compadeció de mí y me dejó tranquila.

¿Cómo no voy a amarlo si le debo más que la vida?

Oh, amiga mía, quiérame como a su hija.

Carta 94, de 3 de octubre de 1780
De la señora Rosemonde a la señora de Tourvel

Mi querida amiga:

Su marcha me ha causado tristeza,

aunque no me ha sorprendido el motivo: ya lo sabía.

Y sé quién es el caballero, aunque usted no lo menciona,

porque me han informado por otro lado.

Solo puedo admirarla y compadecerla.

No hay nada imposible para su hermosa alma,

y aunque un día tuviera usted la desgracia

de entregarse a ese amor, que Dios no lo permita,

al menos le quedará el consuelo de haberse resistido.

Dios la ayudará y saldrá de esta lucha más fuerte y pura.

Es mejor que me abra a mí su corazón que a él.
Entre nosotras no tenemos que decir su nombre,
ya nos entendemos.

Adiós, hija mía.
Tiene usted todo lo que llenaría de orgullo a una madre.

Carta 95, de 4 de octubre de 1780
De la marquesa de Merteuil a la señora de Volanges

Mi querida y buena amiga:

¡Cuánto agradezco su confianza!
Le diré con franqueza lo que pienso:
creo que es preferible ser prudentes al hablar de matrimonio.

No hay que confiar en las pasiones,
que son sentimientos que nacen y mueren de pronto.
¡Y usted quiere sacrificar un matrimonio muy conveniente
por ese amor pasajero!

Hay una enorme diferencia entre Gercourt y Danceny.
Son iguales en nacimiento, pero uno tiene fortuna y, el otro, no.
Es verdad que el dinero no da la felicidad,
pero la facilita mucho.
La señorita de Volanges es bastante rica, pero no lo suficiente
para mantener una casa de acuerdo con su clase.

En lo moral, no se le puede reprochar nada a Gercourt,
pero ¿está usted tan segura de Danceny?
Para dedicarse al juego y a la vida alegre se necesita dinero,
y no sería el primero que lo busca casándose con una joven rica.
No digo que sea el caso de Danceny, Dios me libre,
pero siempre hay un riesgo.

Las ilusiones del amor pueden ser muy intensas,
pero pasan pronto, y la elección de nuestra vida
no debería guiarse por esas ilusiones:
al final, los cortos placeres se pagan con largas desgracias.

Solo es mi opinión y usted tiene que decidir.
Me importa la suerte de su amable hija,
y le deseo felicidad por la amistad que me une a ella y a usted.

Carta 96, de 4 de octubre de 1780
De la marquesa de Merteuil a Cécile Volanges

Así que estás muy avergonzada, querida mía.
¡Qué hombre tan perverso es el señor de Valmont!
¿Cómo se atreve a tratarte como si le gustases mucho?
¡Y encima te enseña lo que tenías tantas ganas de saber!
Oh, desde luego, es imperdonable.
Y ya que estamos, tendrías que habérselo contado a tu madre.
Porque así te hubiera encerrado para siempre en el convento
y Valmont no podría ir allí a darte placer.

Hablando en serio, ¿es posible que con 15 años
aún seas tan niña?
Yo quiero ser tu amiga, pero tienes que poner algo de tu parte.
Si piensas un poco, verás que tienes motivos para sentirte feliz.

Estás entre una madre a la que te conviene no enfadar
y un amante a quien quieres conservar para siempre.
Pues el único modo de tener contentas a estas dos personas
es teniendo a otra persona más.

Si le niegas tus favores a Danceny,
parecerá que defiendes tu honra
y, a la vez, que te sacrificas por tu madre.
A tu madre la tranquilizarás y Danceny se quejará,
pero los dos te querrán más por ello
y tú podrás disfrutar a tus anchas con Valmont.

Porque con tu vergüenza y tus lágrimas solo has conseguido
que tu madre piense que estás triste por Danceny.
Me ha escrito y dice que te obligará a decir la verdad.
Te engañará diciéndote que puedes casarte con Danceny
para enterarse de lo que sientes de verdad,
pero, si se lo dices, te encerrará en el convento.

Tienes que luchar contra la astucia de tu madre.
Dale a entender que ya no piensas tanto en Danceny.
Y si te habla del matrimonio con Gercourt, acéptalo.

¿Qué puedes perder? Cuando te cases con él serás más libre
y podrás dejar a Valmont y tomar a Danceny,
o tenerlos a los dos.

Si tuvieras a Valmont por amigo,
él te pondría en el primer puesto de las mujeres de moda.
Así se consigue influencia en la sociedad,
y no avergonzándose y llorando como una niña pequeña.

Valmont debe estar furioso, te conviene llevarte bien con él.
Quiero que le des esta carta y aproveches la ocasión
para insinuarte a él y reparar tus tonterías.

Adiós, hermosa mía, sigue mis consejos y te irá muy bien.
Ah, una última cosa...
Escribes como una niña y lo cuentas todo,
pero eso solo debes hacerlo conmigo.
Cuando escribas, di lo que quiere oír el otro, no lo que piensas.
Adiós, corazón mío, te abrazo en lugar de reñirte.

Carta 97, de 4 de octubre de 1780
De la marquesa de Merteuil al vizconde de Valmont

¡Maravilloso el éxito con la joven Volanges, vizconde!
¡Cuánto te quiero!
Pero ya sabía que fracasarías con la señora de Tourvel.

¿Qué esperabas que hiciera esa pobre mujer?
Si ella se entrega y tú no la tomas,
tiene que irse para salvar su honor.

He hecho que la joven Volanges vuelva contigo.
Tuve algún deseo de hacerla mi cómplice[16],
pero no tiene cualidades.
Es ingenua y boba y de carácter débil.
Este tipo de mujeres solo son máquinas de placer.
Para utilizarla sin peligro hay que darse prisa,
pararse a tiempo y luego romperla.

¿Sabes que por poco Gercourt se libra de mi venganza?
¡A la madre se le ocurrió casar a su hija con Danceny!
Pero, por suerte, me pidió consejo antes de hacer nada.

Adiós, vizconde. Te invito a que te diviertas con nuestra alumna.
En cuanto a nuestra cita para obtener tu recompensa,
tendrás que esperar aún, pero no será por mi culpa.

Carta 98, de 5 de octubre de 1780
De la señora de Tourvel a la señora Rosemonde

¡Oh, querida mía! ¡Qué agradecida le estoy!
¡Qué buena es usted, que siente compasión por mis penas!

_____
16. Persona que ayuda a otra a cometer un delito.

Esperaba que la distancia aumentara mi valor y mi fuerza,
pero ha sido al revés: ayer me entregaron una carta de él
y la cogí emocionada.
Aunque sé que no debo abrir esa carta del señor de Valmont...
Al fin he escrito su nombre,
¿por qué no debería nombrarlo?,
me avergüenzo de mis sentimientos, no de él.

Ah, quisiera saber qué piensa hacer él.
Solo usted puede decírmelo.
No quiero abusar de su bondad,
pero le pido una palabra de ánimo.

Carta 99, de 10 de octubre de 1780
De Cécile Volanges a la marquesa de Merteuil

He leído su carta durante varios días para quitarme la tristeza
y después se la he dado al señor Valmont.
Ahora entiendo que lo que me parecía una desgracia,
no es casi nada, así que ya casi no estoy triste.

Solo me atormenta pensar en Danceny,
pero hay momentos en que no me acuerdo de él.
¡El señor Valmont es tan amable!
Hace dos días que he vuelto a ser amiga suya.
Vino a mi cuarto y después me regañó un poco,
pero con dulzura, como hace usted. Creo que me aprecia mucho.

Me contó algunas historias increíbles sobre mi madre.
Ya me dirá usted si todo lo que me dijo es cierto,
pero me reí tanto que casi nos descubren.

Me ha sorprendido que usted diga en su carta
que podré ver a Danceny y a Valmont cuando esté casada.
Porque usted me había dicho lo contrario:
que cuando me case solo podré querer a mi marido.
Puede ser que lo haya entendido todo mal
y me alegro de haberme equivocado,
porque ahora ya no temo casarme, incluso me apetece.
Así tendré más libertad y podré pensar solo en Danceny.

Dice usted que Danceny me amará más si no me entrego a él.
¿Está segura de eso?
Porque es gracioso que yo ame a Danceny,
pero sea el señor Valmont el que...
En fin, como usted dice, quizá esto sea para bien, ya veremos.

No he entendido lo que dice sobre mi forma de escribir.
Me parece que a Danceny le gustan mis cartas tal como son.
Pero ya sé que no debo contarle lo que pasa
con el señor Valmont.

Mi madre aún no me ha dicho nada de mi boda,
pero, como quiere engañarme, le mentiré sobre lo que siento.

Adiós, querida amiga, le agradezco sus atenciones y sus consejos.

Carta 100, de 11 de octubre de 1780
Del vizconde de Valmont a la marquesa de Merteuil

La ingrata señora de Tourvel devuelve mis cartas.
Di orden a mi criado de que cogiese sus cartas y me las enviase
y vi que ya no escribe a la señora de Volanges,
sino a mi tía Rosemonde.

Quiero que esta mujer se entregue a mí.
Pero cuanto más pienso en eso, más difícil me parece.
Y creo que me volvería loco si no llego a tener
las felices distracciones que me da nuestra alumna.
La joven Volanges vino a verme, toda tímida.
Hasta entonces yo me había mantenido distante,
pero, al ver su arrepentimiento, fui a su cuarto por la noche.

Inventé algunos escándalos ridículos sobre su madre
e hice que sintiera desprecio por ella,
lo que me viene muy bien para corromperla,
porque la que no respeta a su madre, no se respetará a sí misma.
Y la niña se moría de risa y estuvo a punto de que la oyeran.
Entonces le propuse que nos viéramos en mi cuarto.
Me divierto enseñándole el lenguaje sexual y me río al pensar
en la conversación que tendrá con Gercourt la noche de bodas...

Mientras tanto, me hago el enfermo para poder dormir de día.
Espero que mi estado de salud llegue a oídos de la beata.
Adiós, bella amiga, pronto tendré el placer de mi recompensa.

Carta 101, de 14 de octubre de 1780
De la señora Rosemonde a la señora de Tourvel

He tardado en responder porque no puedo escribir
a causa del reumatismo.
Esta carta la escribe mi criada.

Mi sobrino se encuentra mal, nada grave,
pero casi no sale de su cuarto.

La marcha de usted ha desanimado mucho la reunión.
La pequeña Volanges se aburre todo el santo día,
bosteza que da gusto verla y por la tarde se queda dormida.

Adiós, querida mía.
Sigo siendo su amiga, su madre,
y le envío todos mis cariños y bendiciones.

Carta 102, de 15 de octubre de 1780
De la marquesa de Merteuil al vizconde de Valmont

Tengo que avisarte, vizconde: todos notan tu ausencia
y ya se dice por ahí que es a causa de un amor desgraciado.
Te aconsejo que acabes con esos rumores.
Vuelve a París, no sacrifiques tu reputación por un capricho.
Es bueno que la beata haya cambiado a la señora de Volanges
por tu tía Rosemonde,
que no dirá nada contra su amado sobrino.

No es cierto que al envejecer las mujeres se vuelvan más severas.
La mayoría se dedican al juego o a la religión y son gruñonas,
pero como no tienen ideas propias, resultan inofensivas.
Pero hay algunas que tienen carácter y piensan por su cuenta.
Saben crearse una nueva vida más allá de la juventud,
cuidando su inteligencia en lugar de su aspecto.
Son razonables y tienen un espíritu grande y alegre.

Se acercan a la juventud con bondad y se hacen amar.
Tu tía, la señora Rosemonde, es este tipo de mujer,
y eso es bueno para ti.

Por otra parte, a pesar de lo que te diviertes con la niña,
no creo que tú entres en sus planes.
Disfruta con ella si te gusta,
pero creo que no vale la pena dedicarle ni un minuto
ni dejar que, de momento, se acerque a Danceny.

En cuanto a mí, tengo ganas de tener otra aventura.
No sé por qué, pero desde la aventura con Prevan,
Belleroche se me ha hecho insoportable.

Es tan atento y tan tierno últimamente que me empacha.
Incluso me ha dicho que yo no había amado a nadie
más que a él.
Por un momento tuve ganas de decirle toda la verdad...

Así que mañana lo llevaré a mi casa de campo
y allí lo agobiaré tanto con amor y caricias
que deseará que esto acabe de una vez.

Allí en el campo prepararé el juicio que tendré pronto,
por la reclamación que ha puesto la familia de mi marido.
Me juego mi fortuna, aunque no tengo miedo,
porque tengo grandes influencias y buenos abogados.
En fin, que espero ganar el juicio y perder a Belleroche.

Y ahora adivina quién será mi nuevo amante: Danceny.
Creo que siente una gran simpatía por mí.
Sería una verdadera lástima sacrificar tanto atractivo
con esa imbécil de Volanges, ¡ella no lo merece!
Así que no lo dejes acercarse a ella mientras yo esté en el campo.

Adiós.

Carta 103, de 19 de octubre de 1780
Del vizconde de Valmont a la marquesa de Merteuil

Te doy las gracias por tu advertencia sobre los rumores.
Pero tranquilízate, querida mía, que pronto volveré a París
con más fama que nunca y más digno aún de ti.

No le das importancia a mi aventura con la pequeña Volanges,
pero deberías dársela, porque en una sola tarde
le he robado una joven a su amado,
la he usado a mi capricho sin que deje de amarlo,
le he transmitido mis ideas
y luego se la devolveré a su amor verdadero
sin que se haya dado cuenta de toda esta intriga.
¿Acaso esto no tiene mérito?

Para cuando vuelvas, la joven Volanges ya estará con Danceny,
aunque creo que guardará de mí un recuerdo mucho mejor.
Y, además, ahora tenemos asuntos de familia, ¿entiendes?
¡Va a darle un hijo mío a su futuro marido...!

¡Y tras este gran éxito,
daré a conocer al público a la señora de Tourvel,
modelo de conducta, respetada por todos!
La presentaré como una mujer que ha perdido su honra
y sacrifica su reputación por mí.
Y luego la abandonaré.

Mis rivales tendrán que reconocer mi gran superioridad.
Estoy seguro de mi victoria porque he leído dos cartas
que mi beata le ha escrito a mi vieja tía.
No necesito saber más.

Pero hablemos de tus proyectos.
Creo que te equivocas al cambiar a Belleroche por Danceny.
Déjale adorar a su Cécile, no entres en ese juego de niños.
Yo empecé esta aventura porque tú me lo pediste,
pues ahora deja que la acabe a mi gusto.
Si haces que Danceny le sea infiel a Cécile,
le quitas a mi aventura su broche final.
Porque no tiene mérito que la niña engañe al marido,
el mérito está en que engañe a su verdadero amor.

Y, además, debo proteger a Danceny
de las amistades peligrosas, sí, porque poseerte a ti y perderte
es comprar un momento de placer con una eternidad de dolor.

Te felicito por tu próximo juicio, que sin duda ganarás.
Adiós, bella amiga, despacha a Belleroche, deja a Danceny
y prepárate para darme los placeres de nuestra antigua amistad.

Carta 104, de 17 de octubre de 1780
Del caballero Danceny a Cécile Volanges

La señora de Merteuil se ha marchado esta mañana al campo
y he perdido el único placer que me quedaba:
hablar con ella de ti.
¡Dios mío, qué adorable es esa mujer!
¡Si supieras cuánto te quiere
y cómo disfruta cuando le hablo de ti!
Eso es lo que más me gusta de ella.

Veo que desaparece la esperanza de tener una cita contigo.
Te olvidas de escribirme y no contestas a mis quejas.
Creo en tu amor, Cécile.
Sería muy infeliz si dudase,
pero tu alma no es tan ardiente como la mía.
¡Y hay tantos obstáculos!
Estoy triste, muy triste, amada mía.

Carta 105, de 18 de octubre de 1780
De Cécile Volanges al caballero Danceny
(dictada por Valmont)

No merezco que me riñas.
Yo sufro con tus penas, pero lo que me pides no está bien,
y te digo por qué:
ahora mi madre está mucho más cariñosa conmigo
y, ¿quién sabe?, quizá acepte que nos casemos.

¿No sería mejor que pudiéramos ser felices
sin hacer nada malo?
Temo que, si me entrego ahora a ti, luego dejes de quererme.
Te juro que seré tuya aunque me obliguen
a casarme con Gercourt.
Pero no me pidas lo que no puedo darte ahora,
aunque me duela.

Adiós, querido amigo, y no me riñas más.

Carta 106, de 19 de octubre de 1780
Del caballero Danceny a la marquesa de Merteuil

Solo hace dos días que usted se marchó,
pero a mi corazón le parecen dos siglos.
Ya es hora de que deje lo que esté haciendo y regrese.
No abandone a un amigo que no puede vivir sin usted.

Al principio pensaba que las mujeres más encantadoras
se parecían un poco a usted,
pero luego se nota la gran diferencia,
porque siempre les falta algo: les falta ser usted.

Cécile me ha quitado la esperanza de estar con ella,
pero sus motivos son tan honrados y tan tiernos
que no puedo censurarla ni quejarme.

En fin, vuelva pronto, querida amiga,
o enséñeme a vivir sin usted.

Carta 107, de 22 de octubre de 1780
Del vizconde de Valmont al padre Anselmo

No tengo el honor de conocerlo, señor.
Pero sé la confianza absoluta que tiene en usted
la señora de Tourvel y quiero pedirle un gran favor.
Tengo unos documentos importantes
relacionados con esa señora y quiero entregárselos a usted.
No puedo dárselos yo mismo porque no quiere recibirme
ni recibir mis cartas.
Le ruego, señor, que le diga a ella que me voy para siempre,
y que solo le pido una cita para disculparme.
Después de esa entrevista con ella, me confesaré con usted.

Le ruego que me ayude y que reciba mi gratitud y respeto.
Además, le autorizo a darle esta carta
a la señora de Tourvel, a la que siempre honraré
como a la persona que ha llevado mi alma hacia el bien.

Carta 108, de 22 de octubre de 1780
De la marquesa de Merteuil al caballero Danceny

Mi joven amigo, agradezco su carta, pero tengo que reñirlo.
No use ese tono cariñoso conmigo.
Sé que a las jovencitas les gusta,
pero me molesta que usted me confunda con ellas.

Cuando me escriba,
hábleme de sus pensamientos y sentimientos
sin usar esas frases exageradas y novelescas, como:
«enséñeme a vivir sin usted»
o «a las mujeres les falta ser usted».
¿Es que a la joven Cécile le falta ser yo?
Y cuando usted esté con ella, ¿no sabrá vivir sin mí?

Cuando se abusa del halago se dicen disparates
que no tienen nada que ver con el afecto verdadero.

Espero que no le ofendan mis palabras,
que llevan algo de humor.

Es muy agradable tener un joven amigo que ama a otra.
Así puedo estar a gusto con usted sin tener ningún miedo.
Como amigo, usted me salvará de los peligros del amor.

Carta 109, de 25 de octubre de 1780
De la señora Rosemonde a la señora de Tourvel

Querida amiga,

esta mañana fui al cuarto de mi sobrino
y lo encontré rodeado de papeles, pálido y muy alterado.
Le dije que cuidara su salud y que no se aislara tanto.
Me dijo que se marcharía enseguida a París
por un asunto importante, el más importante de su vida.
No pregunté de qué se trataba,
solo le dije que yo quería a mis amigos tal y como son.

Entonces me cogió las manos y me dijo con ternura:
«Gracias, querida tía, pronto disfrutaré de la tranquilidad.
Sé que usted me perdonará,
pero ¿me perdonarán las personas a las que he ofendido?».
Luego se disculpó y me dijo que olvidara sus palabras.
¿Qué ha querido decirme?
Quizá usted lo entienda mejor que yo.

Carta 110, de 23 de octubre de 1780
Del padre Anselmo al vizconde de Valmont

Señor vizconde:

He hablado con la persona que usted me dijo
y le he pedido la entrevista, explicándole que usted
estaba arrepentido y deseaba disculparse.
Ha aceptado recibirlo por última vez el jueves 28.

Espero convencerlo, señor,
de que solo la religión puede dar la felicidad.
Reciba mis humildes respetos.

Carta 111, de 29 de octubre de 1780
Del vizconde de Valmont a la marquesa de Merteuil

La orgullosa mujer que se creía invencible se ha rendido.
¡Sí, querida amiga, ya soy su dueño!
He tenido algún momento de debilidad con esta mujer extraña,
pero puedes estar segura de que no me dejaré encadenar
y que romperé esta relación cuando quiera.

Bien, pues ayer, jueves 28, me presenté en su casa.
Ella estaba muy nerviosa y yo dirigí la conversación.
Me quejé de su trato cruel, la halagué, intenté conmoverla...

De pronto, me arrojé a sus pies
y, con el tono dramático que tú conoces, le dije:

—¡Ah, solo puedo ser feliz junto a usted!

Intenté llorar, pero no me salían las lágrimas.
Pero, para conmover a una mujer,
basta con producirle una fuerte impresión,
así que intenté aterrorizarla, y le dije:

—¡Sí! ¡Juro que la poseeré o moriré!

Y mientras ella se apartaba de mí, horrorizada,
añadí en voz baja: «¡Entonces, moriré!».
Y la miré de un modo perverso.

Ella estaba temblorosa, aterrorizada.
Luego cambié el tono y le dije:

—Soy muy desgraciado. Perdón, señora.
Ya no la molestaré más. Cálmese, cálmese.

—Si quiere que me calme, cálmese usted también —dijo ella.

Yo saqué sus cartas del bolsillo y se las entregué.

—Ordéneme que me vaya para siempre —le dije.

—Entonces, ¿no está arrepentido? —dijo ella.

—No —respondí—, pero, si usted se va,
me obliga a irme a mí también.

—¿Qué quiere decir? —preguntó ella.

—Que me iré para poner remedio a mis penas —contesté.

—Pero ¿cómo? —insistía ella.

Entonces la estreché entre mis brazos y ella no se resistió:

—¡Mujer adorable! —exclamé con entusiasmo—,
no sabe el amor que me inspira,
¿no sabe que la amo más que a mi vida?

Mientras le hablaba noté cómo latía su corazón...
Y se echó a llorar.
Entonces hice como que me iba,
pero ella me retuvo con fuerza:

—¡No!, espere, escúcheme... —pidió.

—¡Debo irme de aquí!

—Primero escúcheme... —insistía, llorando.

—¡Déjeme...!

—¡No! —exclamó ella y se desmayó en mis brazos.

Entonces la llevé al sofá y, cuando volvió en sí,
ya estaba sometida.

¿Has visto qué método tengo tan perfecto?
Yo esperaba los lamentos que hay en estas ocasiones.
Pero no fue así, mi beata tuvo una larga crisis:
se quedó sentada, rígida e inexpresiva,
como si no viera ni oyera nada, solo le caían lágrimas sin cesar
mientras yo le hablaba para suavizar la situación.

Hice un gesto hacia ella, pero empezó a asfixiarse
y aparecieron otra vez las convulsiones.

Yo me desanimé y pensé que mi victoria había sido inútil,
entonces le dije las frases habituales, como:
«¿Estás triste porque me has hecho feliz?».

De pronto, recobró su expresión celestial y me miró asombrada:

—¿Tú eres feliz? —me dijo, y yo la halagué,
pero preguntó otra vez—: ¿Y eres feliz por mí?

La halagué mucho más. Entonces se echó hacia atrás en el sofá
dejándome una mano, que yo estreché entre las mías.

Y me dijo:

—Siento que eso me consuela y me alivia.

Yo seguí usando el recurso de «mi felicidad», y funcionó bien.

—Tienes razón —me dijo al fin—. Mi vida tiene sentido
si sirve para que seas feliz. Desde ahora me entrego a ti
y no tendrás por mi parte ni queja ni negativa.

Y de este modo tan sencillo e ingenuo se entregó a mí.
El arrebato fue completo, por parte de los dos.
Después me arrodillé a sus pies y le juré amor eterno.
Confieso que en aquel momento sentía lo que decía.

Ah, por qué no estarás aquí para darme mi recompensa.
Date prisa en despedir al imbécil de Belleroche,
abandona al empalagoso Danceny y ocúpate de mí.

Adiós, ángel mío, como en los viejos tiempos...

Ah, ¿sabes que Prevan,
después de pasar un mes en prisión,
ha sido expulsado del ejército por ese delito que no cometió?
Ahora tu éxito es completo.

Carta 112, de 30 de octubre de 1780
De la señora Rosemonde a la señora de Tourvel

Mi querida niña:

Me he alegrado mucho al leer su carta.
Me cuenta que mi sobrino le ha pedido una cita
para devolverle sus cartas, lleno de arrepentimiento.
Es una noticia maravillosa.
Cuando a usted le fallaban las fuerzas,
Dios la ha ayudado y también lo ha ayudado a él.

Quizá se sienta triste ahora, pero eso no es nada
comparado con el sufrimiento que podría tener.
Porque yo quiero a mi sobrino, pero, según lo que dicen de él,
es muy peligroso para las mujeres, a las que seduce y deshonra.
Espero verla pronto aquí, con la satisfacción de saber
que ha cumplido su promesa
y no ha hecho nada indigno de usted.

Carta 113, de 31 de octubre de 1780
De la marquesa de Merteuil al vizconde de Valmont

Vizconde:

Tu última carta me ha puesto de mal humor,
pero, ya que insistes, te contestaré.

Yo soy capaz de sustituir a todo el harén[17] de un sultán,
pero jamás he formado parte de uno.

¿Quieres que deje a mi nuevo amante para ocuparme de ti?,
¿y que espere sumisa a que me concedas tus favores?
Gracias a Dios, no estoy tan necesitada.

Además, el joven y empalagoso Danceny me da más placer.
Y, si quisiera buscarme un compañero, no serías tú,
al menos de momento.
Así que guarda tus besos,
¡tienes tantas mujeres a las que dárselos!

Dices «adiós, como en los viejos tiempos»...
En los viejos tiempos, vizconde,
no me dejabas de segundo plato,
y esperabas mi consentimiento
antes de dar por hecho que yo me entregaría.

Carta 114, de 1 de noviembre de 1780
De la señora de Tourvel a la señora Rosemonde

Después de leer su carta me hubiera matado
si mi vida aún me perteneciera.
Pero ya no es mía, sino de Valmont.

---

17. Entre los musulmanes, conjunto de mujeres
    que viven bajo la dependencia de un hombre.

Tuve que decidir entre hacerle feliz o causar su muerte,
y decidí lo primero.
No me siento orgullosa, pero tampoco culpable.

Ya no puedo cambiar mis emociones ni mi conducta.
Cuando siento que Valmont es feliz, todo es maravilloso.
Solo vivo para él, por él me he deshonrado,
pero mientras le dé felicidad me sentiré afortunada.
Y si alguna vez él cambia de opinión, no me quejaré.
Querida señora, no puedo mentirle a usted,
la respeto demasiado,
pero renuncio a su amistad porque no la merezco.

Carta 115, de 3 de noviembre de 1780
Del vizconde de Valmont a la marquesa de Merteuil

Mi hermosa amiga:

¿De dónde sale ese mal humor?
Dices que daba por hecho tu consentimiento antes de tenerlo,
pero ha sido por la confianza, no por vanidad.

Esa es la única falta que he cometido,
porque no puedes pensar de verdad
que yo prefiera a otra mujer.
Quiero volver contigo, y eso me obliga a romper con las otras.
Así que no hay motivo para que te enfades.

Di una sola palabra y vendré a tus brazos y a tus pies
para probarte de mil maneras.
Tú, siempre tú, serás la única que reina en mi corazón.

Adiós, mi bella amiga.
Espero con impaciencia tu respuesta.

Carta 116, de 4 de noviembre de 1780
De la señora Rosemonde a la señora de Tourvel

Querida mía:

No debemos criticarnos los unos a los otros.
Creo que usted es demasiado sensible y delicada
para que el amor la haga feliz.

Los hombres no saben apreciar a las mujeres a las que poseen,
porque el amor que sienten ellos no es como el nuestro.
El hombre goza de la felicidad que siente
y la mujer goza con la felicidad del hombre.
El placer de él es satisfacer sus propios deseos,
el placer de ella es ver el deseo de él, por eso es coqueta.

El amor en el hombre solo es una preferencia
y no le impide sentir deseo por otras mujeres,
mientras que el amor en la mujer es un sentimiento profundo
y no puede sentir deseo hacia otro que no sea su amado.

Digo esto para que no crea en la felicidad perfecta,
porque eso no existe, solo es una ilusión del amor.
Aunque haya entregado su vida a otro, como dice usted,
eso no alejará a los amigos, que siempre estarán de su lado.

Adiós, mi querida hija, la llevo en mis pensamientos.

Carta 117, de 6 de noviembre de 1780
De la marquesa de Merteuil al vizconde de Valmont

Ya estoy más contenta, vizconde.
Hablemos ahora como buenos amigos:
volver a nuestra relación sería una locura.

El único motivo que tiene la unión de dos personas es el placer,
pero para crear un vínculo necesitamos amor.
Y como es muy difícil que los dos sientan el mismo amor,
lo más normal es que uno ame y otro sea amado
y, de paso, engañe al otro, y así todos contentos.
Creo que es mejor que nos olvidemos del asunto.
Y para que veas que no estoy enfadada,
te daré tu recompensa. Aunque tú no me has dado aún
la prueba que me prometiste: una carta de tu beata
en la que hable de su amor y de que se entrega a ti.

Eso sí, tendrás que esperar a que yo vuelva del campo,
porque Belleroche podría ponerse celoso.

Además, una infidelidad con Belleroche no tendría mérito,
es mejor una infidelidad auténtica y recíproca.

¿Sabes?, a veces lamento que estemos así...
Cuando nos amábamos, y yo creo que aquello era amor,
me sentía feliz. ¿Y tú, vizconde?

Pero para qué pensar en una felicidad que no volverá.
No, digas lo que digas, es imposible que vuelva.
Exigiría sacrificios que no podrías o no querrías hacer por mí
y que tal vez yo no merecería.
¿Y cómo se arregla eso? No, no, no quiero ni pensarlo.

Adiós, vizconde.

Carta 118, de 7 de noviembre de 1780
De la señora de Tourvel a la señora Rosemonde

Señora, no merezco su amistad,
y aunque sus consejos son valiosos, no puedo seguirlos:
creo en la felicidad porque vivo en ella.
Tiene razón en lo que dice de los hombres, son odiosos.
¡Pero Valmont no se parece a ellos!
Si conociese como yo a su sobrino... ¡Yo lo amo, lo adoro!
Cometió algunos errores, él lo reconoce,
pero hoy siente un amor verdadero, igual al mío.
Si esto es una ilusión, ¡que no acabe nunca!

Adiós, mi querida y buena amiga.
Valmont ha prometido venir y no puedo pensar en nada más...
¡Perdón! ¿Desea usted mi felicidad? Pues ahora es inmensa.

Carta 119, de 8 de noviembre de 1780
Del vizconde de Valmont a la marquesa de Merteuil

¿Cuáles son esos sacrificios que yo no haría por ti, según dices?
¿Es que piensas que estoy enamorado de la señora de Tourvel
y que por eso no podría amarte como tú quieres y mereces?

Gracias a Dios, no he llegado a esos extremos,
y me comprometo a demostrarlo.
Si paso algún tiempo con la señora de Tourvel
es porque no se parece a las demás
y, sobre todo, porque en esta época hay pocas distracciones.
Llevo con ella solo ocho días,
después de todo el esfuerzo por conquistarla.
Tú sabes que he dedicado mucho más
a mujeres que valían mucho menos que esta.

Además, hay otra razón: esta es una mujer tímida y sensible.
Para la mayoría de mujeres, los hombres solo servimos
para dar placer o para que nos usen como trofeos.
Como nosotros a ellas.

Me faltaba encontrar a una mujer delicada,
con una sensualidad que saliese de su corazón.
Esta es una mujer rara, única, y quiero estudiarla,
y si eso exige que la haga feliz, ¿por qué no hacerlo?
Pero que quiera averiguar
hasta dónde llega mi poder sobre ella
no significa que mi corazón sea su esclavo.

Soy tan libre que ni siquiera he dejado a la pequeña Volanges.
Ella y su madre vuelven a París dentro de unos días
y entregaré a mi alumna a su verdadero amor, a Danceny,
que no hace más que darme cartas para su Cécile.

Pero dejemos a los niños y volvamos a nosotros.
Después de haber probado todos los placeres por separado,
ninguno es comparable
al que habíamos experimentado juntos.

Adiós, mi hermosa amiga,
esperaré a que vuelvas, lleno de deseo.

Carta 120, de 11 de noviembre de 1780
De la marquesa de Merteuil al vizconde de Valmont

La verdad, vizconde, eres como un niño.
Te repito que es imposible que volvamos a estar juntos.

Sí, vizconde, porque te engañas sobre tus sentimientos
por la señora de Tourvel: es amor lo que sientes.
Y cuanto más lo niegas, más evidente es.
Creo que eres sincero conmigo, pero te mientes a ti mismo.

Y para que me entiendas mejor,
te diré cuáles serían los sacrificios que yo te exigiría
y que tú no podrías darme.
Solo es un ejemplo, no es algo que vayamos a hacer.

Pues te exigiría que la delicada y muy sensible señora de Tourvel
fuera para ti solo lo que es:
una mujer vulgar y corriente.
El encanto que vemos en los demás
en realidad está en nosotros,
pero el amor nos hace adornar a la persona amada.
Tú me lo prometerías, pero no podrías cumplirlo.

Y eso no es todo, también sería caprichosa.
El sacrificio de la pequeña Cécile que me ofreces
no me importa.
Al contrario, te pediría que siguieras con ella.

Será porque me gusta abusar de mi poder
o porque me interesan tus sentimientos, no tus placeres.

El caso es que, si cumplieras estas órdenes tan difíciles,
yo te daría las gracias y te recompensaría.
Y se acabaría por fin esta ausencia insoportable
y volvería a verte...

Pero recuerda que esto solo es un ejemplo de algo imposible.

Carta 121, de 15 de noviembre de 1780
De la señora de Tourvel a la señora Rosemonde

Ayer yo era feliz y hoy solo siento desesperación y dolor.
Valmont... no me ama. Me engaña, me desprecia.
Lo he visto. Me ha abandonado por otra mujer.
Ayer yo iba a cenar fuera,
pero como a Valmont le disgustaba que yo saliera,
decidí quedarme en casa.
Y dos horas después, su tono cambió,
fingió recordar un asunto importante y se marchó.

Y pensé que era mejor ir a la cena que quedarme sola.
Cuando volvía a casa en el carruaje, después de cenar,
pasamos por delante de la ópera
y mi carruaje se paró porque había muchísima gente.

Y, de pronto, el carruaje de Valmont se paró junto al mío.

Me asomé por la portezuela y vi que iba acompañado
de una joven muy conocida por sus costumbres...,
ya me entiende.

Me eché hacia atrás enseguida,
pero la chica me vio y empezó a reírse.
Al volver a casa le mandé a Valmont una nota,
pero no respondió.
Su cochero le dijo a mi criado
que no dormiría en casa esa noche.

Adiós, querida amiga, ahora ya lo sabe todo.

Carta 122, de 15 de noviembre de 1780
De la señora de Tourvel al vizconde de Valmont

Después de lo ocurrido ayer, no esperará que lo reciba.
Solo le escribo para pedirle mis cartas,
que expresan un sentimiento que usted ha destruido.

Reconozco que me equivoqué al confiar en usted,
como hicieron otras muchas víctimas.
Solo yo tengo la culpa de eso,
pero no creí que mereciera la humillación y el desprecio.
Hay más ofensas, pero su corazón no las entendería.

Carta 123, de 15 de noviembre de 1780
Del vizconde de Valmont a la señora de Tourvel

Acabo de recibir vuestra carta y he temblado al leerla.
¡Qué horrible idea tiene de mí!
Es verdad que he cometido errores que nunca me perdonaré,
pero ¿que yo la humillo a usted? ¿Que yo la desprecio?
¡Si yo la respeto y la amo!
Creo que se ha dejado engañar por las apariencias.

Ayer me olvidé de algo importante, por eso me fui.
Llegué tarde y ya no encontré a la persona que buscaba.

Fui hasta la ópera para ver si estaba allí
y me encontré con Émilie, a la que conocí hace tiempo,
cuando aún no la conocía a usted ni conocía el amor.

Ella no tenía su carruaje y me pidió
que la acompañase a casa.
Como no vi nada malo, acepté llevarla.

Pero entonces vi su coche
y entendí que podría parecer culpable.
Traté de impedir a la joven que se asomase,
pero ella aprovechó la ocasión para dar un escándalo.
Y cuanto más notaba mi disgusto,
más se reía para avergonzarme delante de usted.

Soy más desgraciado que culpable.
No crea que busco una excusa, he cometido un error,
pero en este error humillante no hay falta de amor.

Las mujeres vulgares sienten el tormento de los celos,
pero usted, no. No deje que esas cosas manchen su alma pura.
Tiene derecho a castigarme, pero espero que vuelvan
los tiernos sentimientos que unían nuestras almas.

Por mi culpa, lo he perdido todo.
Solo usted puede dármelo otra vez.
¡No deje que viva en la desesperación!

Carta 124, de 15 de noviembre de 1780
Del vizconde de Valmont a la marquesa de Merteuil

Insisto, hermosa amiga:

No, no estoy enamorado.
Si las circunstancias me obligan a representar ese papel,
no es culpa mía.
Ayer estaba con mi beata muy a gusto,
pero de pronto recordé esa idea absurda
de que estoy enamorado de ella.
Entonces tomé una decisión radical:
la dejé plantada y me fui a la ópera con Émilie.

Y cuando llevaba a Émilie en mi carruaje, vi el de la beata.
La multitud hizo que nos parásemos uno al lado del otro.
Nos veíamos como si fuese de día, no había modo de escapar.

Le dije a Émilie que la mujer del carruaje era la de la carta,
¿recuerdas que Émilie me sirvió de mesa
para escribir a la beata?
Entonces Émilie empezó a reírse a carcajadas.
Pero ahí no acaba el cuento.

Pasé la noche con Émilie y al volver a casa esta mañana
me encontré con una carta de ruptura.

Y aquí hubiera terminado mi relación con la señora de Tourvel,
pero no voy a dejar que una mujer me despida
como si yo fuera un vulgar galán
y, sobre todo, porque quiero hacer ese sacrificio por ti.

Respondí a su carta de ruptura con una carta sentimental.
Y he triunfado.
Me acaba de enviar otra carta, en un tono muy distinto.
No quiere verme, lo dice cuatro veces,
así que tengo que presentarme allí enseguida...

Carta 125, de 17 de noviembre de 1780
De la señora de Tourvel a la señora Rosemonde

¡No sabe cuánto lamento haberle hablado de mis penas!
Porque usted se puso triste y yo vuelvo a ser feliz.
¡Sí, todo está olvidado, perdonado!

Valmont es inocente,
porque no se puede ser culpable con tanto amor.
Aunque cometiera un error,
¿cómo voy a quejarme si él sufre más que yo?

Oh, mi tierna madre, ríñame por haberla entristecido
y por juzgar mal a Valmont, al que nunca debí dejar de amar.

Carta 126, de 21 de noviembre de 1780
Del vizconde de Valmont a la marquesa de Merteuil

Aún no he recibido tu respuesta, mi bella amiga,
aunque mi última carta merecía contestación.
Estoy disgustado.

Pero te escribo por algo que le ha pasado a tu alumna,
y como de momento ella no podrá contártelo, lo hago yo.
La reconciliación con la señora de Tourvel fue completa,
y eso me dejó más tiempo para visitar a la pequeña Volanges.
Gracias al amable portero, ella y yo llevamos una vida tranquila.

Pero ayer, un despiste imperdonable causó un incidente.
Estábamos en la cama y, de pronto, se abrió la puerta del cuarto.
Yo salté de la cama y cogí mi espada, pero no vi a nadie.
La puerta se había abierto por el viento:
¡habíamos olvidado cerrarla con llave!

Volví a la cama para tranquilizar a mi dulce compañera
y la vi tirada en el suelo, inconsciente.
La recogí y me di cuenta de que estaba mal.
Tenía calambres violentos... Me pareció un aborto.

Pero para explicarle lo que le estaba pasando,
antes tenía que explicarle que estaba embarazada.
Porque ella no se había dado cuenta de nada... ¡Es tan inocente!
Yo fui a avisar al médico, que conozco bien,
y le informé de todo en secreto.
Y ella quedó en llamar a su criada para que la ayudara
sin que se enterase su madre.

El médico ha venido esta mañana y ha confirmado el aborto.
Pero dice que, si todo va bien, nadie notará nada.
La doncella es de confianza y el médico le ha puesto nombre
a "la enfermedad" para guardar el secreto,
a menos que nos convenga que se sepa.
¿Todavía queda algún interés común entre tú y yo?
Tu silencio me hace dudar, pero no pierdo la esperanza.

Adiós, mi bella amiga, te abrazo sin rencor.

Carta 127, de 24 de noviembre de 1780
De la marquesa de Merteuil al vizconde de Valmont

¡Dios mío, qué obstinado eres!
Hablemos claro: o te engañas o intentas engañarme.
Porque hay mucha diferencia entre lo que dices y lo que haces.

El numerito que le montaste a la beata en la ópera
no tiene mérito: la engañaste, es lo que hace cualquier hombre.
Lo que digo es que tú amas a esa mujer aunque la engañes.
No es el amor puro y tierno de un amante o un amigo,
sino el que tú puedes tener, como tirano o como esclavo.
Es el amor lo que hace que le encuentres encantos que no tiene,
que pienses que es excepcional cuando es vulgar
y que la prefieras a las demás,
como si fuera la favorita del sultán.

Y después de tener mil pruebas de esto
aún me preguntas si tenemos un interés común.
Cuidado, vizconde, porque si te contesto, sería definitivo.
Por eso no quiero hacerlo, pero te contaré una historia.

Un conocido mío estaba enredado, igual que tú,
con una mujer que no le convenía,
pero no tenía valor para romper con ella.
Presumía de ser libre delante de sus amigos,
pero se pasaba la vida haciendo tonterías
y diciendo: «no es culpa mía».

Un día, una amiga suya escribió una carta de ruptura
para que se la diera a la amante.
Como excusa para romper usaba la expresión
que él decía siempre: «no es culpa mía».

La carta decía así:

«Uno se aburre de todo, ángel mío,
es la ley de la naturaleza, no es culpa mía.

Si mi amor es como tu honestidad,
es normal que se acabe tan pronto, no es culpa mía.

Te he engañado durante un tiempo,
tu cruel ternura me obligó a ello, no es culpa mía.

Si una mujer a la que amo con locura
me exige hoy que te abandone, no es culpa mía.

Elige otro amante, como he hecho yo.
Es un buen consejo, pero, si te parece malo, no es culpa mía.

Adiós, ángel mío, te he tomado con placer,
te dejo sin pena y quizá vuelva contigo.
Así funciona el mundo. No es culpa mía».

Te contaré más adelante lo que ocurrió con mi amigo.
Y también te diré mi decisión definitiva sobre tu propuesta.
Hasta entonces, adiós.

Por cierto, agradezco tus cuidados con la pequeña Volanges.
Hay que publicar la información sobre su aborto
al día siguiente de la boda.
Mientras, te doy el pésame por la pérdida de tu descendencia.

Carta 128, de 27 de noviembre de 1780
Del vizconde de Valmont a la marquesa de Merteuil

No sé, querida amiga, si he comprendido bien tu carta
y la historia que me cuentas sobre tu amigo.
Pero he copiado esa carta de «no es culpa mía»
palabra por palabra y se la he enviado esta tarde a mi beata,
así tendrá toda la noche para pensar en ella.

Esperaba contarte esta mañana su respuesta,
pero casi es mediodía y aún no he recibido nada.
Esperaré hasta las cinco y, si no tengo noticias, iré a su casa.

Me interesa saber el final de la historia de tu amigo,
ese que no sabe romper con una mujer.
¿Al final rectifica y su amiga lo perdona?

Carta 129, de 27 de noviembre de 1780
De la señora de Tourvel a la señora Rosemonde

Se ha descorrido el velo que ocultaba la espantosa verdad.
Solo me queda un camino de vergüenza y de culpa.

Le envío la carta de ruptura que recibí ayer de Valmont.
No añadiré nada más, solo tengo sufrimiento.

Me despido de usted, señora, y le ruego que me abandone,
que me olvide por completo, que no cuente más conmigo.
Cuando se llega a estos extremos,
la amistad aumenta el sufrimiento.

Adiós, no me conteste nada.

Carta 130, de 28 de noviembre de 1780
Del vizconde de Valmont a la marquesa de Merteuil

Hermosa mía:

Como no tenía noticias de la beata,
ayer por la tarde fui a su casa y me dijeron que había salido.
Pero como no recibí carta suya, volví unas horas después
para saber si la sensible mujer estaba muerta o moribunda.
Entonces me dijeron que se había ido... ¡al convento!

Me halaga que haya tomado esa decisión por mi causa,
pero también me da rabia que haya encontrado
la fuerza para separarse de mí.

Si ahora me acercara a ella, podría rechazarme,
podría no quererme, a mí, que soy su felicidad suprema.
¿Así es como ama? ¿Y yo tengo que consentirlo?
¿No sería mejor darle la esperanza de una reconciliación?

Podríamos hacer juntos, tú y yo, la prueba:
y si consiguiera seducirla otra vez, volvería a abandonarla,
ya que te gusta que lo haga.

Entonces yo recibiría mi recompensa y tú volverías a mí
y todo sería como antes.

Lo de la pequeña Volanges se ha resuelto de maravilla.
Ayer me sentía inquieto y fui a visitar a su madre.
Cécile, aún convaleciente, ya estaba en el salón.
¡Vivan las jovencitas!
Las mayores habríais estado un mes entero tiradas en el sofá.

Este accidente ha vuelto loco al sentimental Danceny.
Pedía noticias de Cécile tres veces al día.
Ha pedido permiso a la madre para visitarla y ella ha accedido.
Así que vuelven a estar como antes,
él mismo me lo ha contado mientras salíamos juntos de la casa.

Estaba loco de alegría, y yo he acabado de enloquecerlo diciéndole que pronto podría poseer a su amada.

Voy a entregársela ya a Danceny porque quiero dedicarme a ti.

Adiós, bella amiga.

Carta 131, de 29 de noviembre de 1780
De la marquesa de Merteuil al vizconde de Valmont

¿De verdad has abandonado a la señora de Tourvel?
¿Le has enviado la carta de ruptura de mi amigo?
Eres encantador y has colmado mis esperanzas.
Te confieso que este triunfo me da una gran satisfacción,
porque es una victoria sobre esa mujer, pero también sobre ti.

Tú amabas a la señora de Tourvel, y aún la amas con locura.
Pero yo me divertía haciendo que te avergonzaras de amarla
y la has sacrificado, y hubieras sacrificado a otras mil
antes que soportar las burlas. ¡Adónde nos lleva la vanidad!

Admiro la astucia con la que me propones reconciliarte con ella.
Así tendrías el mérito de haber roto con la señora de Tourvel
y le añadirías el placer de la reconciliación.
Y la delicada beata seguiría creyendo que ella es tu único amor,
mientras que yo tendría el orgullo de ser la favorita.
Las dos estaríamos equivocadas y tú estarías contento.

¡Y, queriendo reconciliarte con ella,
fuiste capaz de enviarle esa carta terrible!

Si quieres reconciliarte con la señora de Tourvel, adelante,
prometo no enfadarme si tienes éxito.
Pero, créeme, cuando una mujer golpea el corazón de otra,
la herida es incurable: ya no podrá creerte ni perdonarte.

Pero hablemos de otras cosas.
Por ejemplo, de la pequeña Volanges.
Tú verás si te conviene entregar a la niña a Danceny
o intentar darle un hijo por segunda vez... Eso estaría bien.
Pero te pido que no tomes una decisión hasta que nos veamos.

Volveré pronto a París,
y cuando lo haga, tú serás el primero en saberlo.
Adiós, vizconde. A pesar de mis quejas, mis malicias
y mis reproches, te amo mucho y te lo voy a demostrar.

Carta 132, de 29 de noviembre de 1780
De la marquesa de Merteuil al caballero Danceny

Por fin regreso a París. Llegaré mañana por la tarde
y no recibiré a nadie, aunque haré una excepción con usted.
Pero no le diga a nadie cuándo llego, ni siquiera a Valmont.

Si alguien me hubiera dicho que usted iba a seducirme,
no lo habría creído. Ha sido muy hábil y eso está muy mal.
Pero creo que ahora tiene usted otras cosas que hacer.
Mientras su Cécile no estaba,
usted se quejaba y yo lo escuchaba.

Cuando ella enfermó, usted me hablaba de su preocupación.
Pero ahora que ella está en París, y sana, y que puede verla,
ya no está conmigo. Pero no lo critico, es usted muy joven.

Cuento con usted para mañana por la noche,
pero solo si el amor le deja un rato libre.
Le prohíbo que haga cualquier sacrificio por mí.

Adiós, caballero, me alegrará volver a verlo. ¿Vendrá usted?

Carta 133, de 29 de noviembre de 1780
De la señora Volanges a la señora Rosemonde

Amiga mía:

Tengo que darle una triste noticia:
la señora de Tourvel está muy enferma.

Dicen que salió de su casa con su doncella
y se fue al convento para instalarse allí.
Estaba tan agitada que la madre superiora me mandó buscar.

Cuando llegué, nuestra amiga me miró fijamente,
me apretó la mano y me dijo:
«Muero por no haberla creído a usted».
Y empezó a gritar que la dejaran sola.
Todo lo que dijo después y lo que me contaron las monjas
me hace pensar que la causa de esta enfermedad es muy cruel.
Pero debemos respetar los secretos de nuestra amiga.

Los síntomas son graves y tiene fiebre alta, convulsiones,
crisis violentas y momentos en los que se duerme.

Usted, que conoce su carácter tímido y dulce,
no puede imaginarse cómo estaba ayer de furiosa,
era imposible sujetarla entre cuatro personas.
Creo que se ha vuelto loca.
No me he separado de su cama en todo el día
y mañana volveré para estar con ella.
No quiere que la cuiden, pero no voy abandonarla.
Le iré contando cómo se encuentra.

Adiós, amiga mía.

Carta 134, de 1 de diciembre de 1780
Del caballero Danceny a la marquesa de Merteuil

Oh, mujer a la que amo, mujer a la que adoro.
Amiga sensible, mi tierna amante.

No debemos lamentar este sentimiento amoroso
que nació entre los dos sin darnos cuenta,
pensemos solo en el placer que nos da.

Adiós, mujer adorada. Te veré esta tarde, pero ¿estarás sola?
Espero no encontrarme a Valmont otra vez.

Carta 135, de 2 de diciembre de 1780
De la señora de Volanges a la señora Rosemonde

El estado de la enferma ha empeorado.

Ayer me contó su historia y me dijo que usted también la conoce,
así que puedo hablarle con franqueza.
Ayer estuvo tranquila, pero no se acordaba de nada.
Agradeció los cuidados con su dulzura habitual.
Luego se quedó en silencio y, de pronto, volvió a recordar
y su expresión de dolor me hizo llorar.

Entonces pidió que nos dejasen solas y me contó su historia.
Hice que llamaran al padre Anselmo, ella confía mucho en él.
El padre habló a solas mucho rato con ella
y al salir dijo que tenía esperanza de que se curara,
y que los médicos pensaban como él.
Pero por la tarde ella recibió una carta y volvió el delirio.
«¡Dios mío, es de él!», gritó, y empezaron las convulsiones.
La noche ha sido tan espantosa que me sorprende que siga viva.

La carta era del señor de Valmont, ¿qué le diría ese hombre?
Perdón, mi querida y respetable amiga, sé que ama a su sobrino,
pero es muy cruel ver morir así a esta mujer.

Carta 136, de 3 de diciembre de 1780
Del vizconde de Valmont a la marquesa de Merteuil

Supongo, marquesa, que no piensas que yo sea tan tonto
como para creer que Danceny
estaba en tu casa por casualidad.

Tu actuación ha sido perfecta,
pero tienes que domesticar a tu amante novato
para exhibirlo sin que te avergüence.
Y me sorprende que sea a mí a quien trates como a un niño.
Si fueras otra mujer, me vengaría enseguida de ti.
Sé que llevas cuatro días en París viendo a Danceny, solo a él,
aunque me dijiste que yo sería el primero al que verías.

Reconozco tu poder, disfrútalo, pero no abuses de él.
Los dos nos conocemos, marquesa, eso debería bastarte.

Me has dicho que mañana por la noche será el momento
para nuestra reconciliación, porque durante el día no estarás.
Dime dónde será y, sobre todo, acaba con Danceny.
No estoy celoso de tus fantasías, pero no intentes humillarme.

Espero que algún día valores mi ejemplo y mi sacrificio:
porque una mujer sensible y bella que solo vivía para mí,
y que quizá en este momento se muere de amor y de pena,
no vale lo mismo que un jovenzuelo apuesto y con espíritu,
pero inútil y sin interés.

Carta 137, de 4 de diciembre de 1780
De la marquesa de Merteuil al vizconde de Valmont

¡Ten cuidado, vizconde!
Yo no me atrevería a disgustarte, porque temo tu venganza.
Y si consiguieras hacerme daño, no podría devolverte el golpe
porque tendrías que irte del país.
Claro que para eso los tribunales tendrían que dejarte marchar.
Pero no te preocupes, que, si tuvieras que abandonar el país,
piensa que en el extranjero se vive igual que aquí
y tendrías otro escenario donde representar tus hazañas[18]...

Después de calmarte con estas reflexiones morales,
volvamos al asunto.
¿Sabes por qué no he vuelto a casarme, vizconde?
No es por falta de pretendientes ricos,
sino porque nadie tiene derecho a pedirme explicaciones.
¡Y tú te atreves a hablarme como si fueras mi marido!
¡Solo hablas de mis errores y de tus encantos!

---

18. Acciones que destacan por su valentía y heroicidad.

¿Te has encontrado a Danceny en mi casa y eso te disgusta?
No sé por qué te ofendes, porque no te debo nada.
Solo estás celoso y los celos no te dejan razonar.
Si tienes un rival, intenta superarlo en atractivos;
y, si no lo tienes, muéstrate agradable para no tenerlo en el futuro.
Pero tú no quieres conquistarme, sino abusar de tu poder.
Eres un desagradecido. No me gustas ni me asustas.
Además, me has amenazado, así nunca te daré lo que me pides.

Volver contigo ahora no sería volver con mi antiguo amante,
sino con alguien que se le parece, pero muy inferior.
Porque el Valmont que yo amaba era maravilloso y encantador.
Si lo encuentras, por favor, dile que venga a verme.

Pero, en fin, si quieres, puedes vengarte de tu rival, de Danceny,
que es tan malo para su amada como tú lo eres para la tuya.
¡Una mujer que solo vivía para ti y que hoy muere de pena,
a la que has sacrificado por tu temor al ridículo! ¡Qué injusto!

Vuélvete amable, vizconde y, cuando lo seas,
prometo demostrarte lo buena que soy en realidad.

Carta 138, de 4 de diciembre de 1780
Del vizconde de Valmont a la marquesa de Merteuil

Intentaré ser claro en mi respuesta,
pero no es fácil porque no me quieres entender.

Tú y yo tenemos lo necesario para destruirnos mutuamente:
yo te destruyo a ti, tú me destruyes a mí.
Así que a los dos nos conviene mantener nuestra amistad.

Podemos perjudicarnos o seguir unidos,
como antes, o incluso mucho más que antes.

Pero tú planteas cosas que yo no puedo aceptar,
porque yo solo puedo ser tu único amante o tu enemigo.

Sé que no te gusta que te obliguen a elegir entre todo y nada,
pero, como puedes suponer, no voy a consentir que me humilles.

Te advierto que no me engañarás con tus razonamientos.
Y repito que yo prefiero la paz y la unión,
pero, si hay que romper la paz y la unión, lo haré.

Y si pones el más pequeño obstáculo,
lo veré como una declaración de guerra.
La respuesta que pido solo tiene dos palabras posibles: sí o no.

Carta 139, de 4 de diciembre de 1780
De la marquesa de Merteuil al vizconde de Valmont
(la marquesa responde al vizconde en su misma carta, al final)

«¡Entonces, la guerra!».

Carta 140, de 5 de diciembre de 1780
De la señora de Volanges a la señora Rosemonde

La enferma está cada vez peor y ha pasado algo
que no esperaba: el señor de Valmont me ha escrito
para que haga de mediadora con la señora de Tourvel.
He devuelto la carta a Valmont,
porque nuestra amiga no está en condiciones de leer ni oír nada.

¿Será cierta su desesperación
o quiere engañarnos a todos hasta el final?
Si es cierta, él mismo se lo ha buscado.

Adiós, amiga mía. Vuelvo a mi triste tarea, ya sin esperanzas.

Carta 141, de 5 de diciembre de 1780
Del vizconde de Valmont al caballero Danceny

Estimado caballero:

En dos ocasiones he ido a visitarlo,
pero desde que usted tiene nuevos principios
y ha cambiado el papel de tierno amante por el de donjuán[19],
nunca lo encuentro en su casa.
En fin, le ruego que lea mi carta y luego tome una decisión.

_____
19. Hombre seductor, con una gran vida amorosa.

Usted tiene una cita esta noche con una mujer a la que ama...,
porque a su edad se ama a cualquier mujer,
al menos una cada semana.

Pero, desde que yo volví a París,
usted me pidió una cita con la joven Volanges,
y lo que yo no pude conseguir, ella lo ha conseguido,
¡pero usted no ha ido a verla!

Está algo enfadada y le adjunto la carta
que me ha dado para usted.

Y, ahora, dígame, entre la seducción y el amor, ¿qué elige usted?

Si yo hablase con el Danceny de hace solo una semana,
sabría lo que siente su corazón y cómo se comportaría.
Pero el Danceny de hoy, que corre tras las mujeres
convertido en aventurero y un poco sinvergüenza, no sé...

¿Elegirá a una tímida jovencita que solo tiene su belleza,
su inocencia y su amor?
¿O elegirá la comodidad de una mujer con experiencia?
En su lugar, yo elegiría a la joven,
porque quizá no vuelva a tener otra ocasión como esta.

Y si usted se decide por el amor, como imagino,
no se excuse con la otra mujer
y deje que lo espere toda la noche.

Las mujeres son curiosas
y podría arruinarle su cita con Cécile.

Es mejor que mañana le cuente cualquier cosa, que estuvo malo,
o muerto, si es necesario, y todo se arreglará.

Le ruego que me comunique la decisión que tome.
Y, créame, solo somos felices cuando amamos.
Yo pagaría con mi vida la felicidad de la señora de Tourvel.

Carta 142, de 5 de diciembre de 1780
De Cécile Volanges al cabellero Danceny
(adjunta a la anterior)

¿Cómo es que no vienes a verme cuando te deseo tanto?
Estoy más triste ahora que cuando estábamos separados.

Ya sabes que desde hace unos días mamá no está nunca en casa,
y pensé que aprovecharías este tiempo de libertad para verme.

Siempre me decías que yo no te quería tanto como tú,
pero no es así.
No mereces que te diga lo que he hecho para estar contigo,
pero te amo tanto, y tengo tantas ganas de verte,
que tengo que contártelo.
Veremos entonces si me amas de verdad.

He arreglado las cosas para que el portero te deje entrar.
Y si vienes por la noche, no hay nada que temer,
porque mamá sale cada día, vuelve cansada
y se acuesta temprano.

Cuando llegues a la casa, llama a la ventana del portero.
Yo dejaré la puerta de mi cuarto abierta.

Mi corazón late con fuerza mientras te escribo.
Nunca te he amado tanto y nunca he deseado tanto decírtelo.
Ven, querido amigo mío, que quiero decirte que te amo,
que te adoro, que solo te quiero a ti. Te espero esta noche.

Carta 143, de 5 de diciembre de 1780
Del cabellero Danceny al vizconde de Valmont

Querido amigo:

No dude de mi corazón ni de mi conducta.
¿Cómo resistirme a un deseo de mi Cécile?
Ella es la única a la que amo y amaré siempre.
Su ingenuidad y su ternura me atraen
más que cualquier otra cosa.

He sido débil y me he metido en una aventura,
pero el recuerdo de Cécile me ha impedido disfrutar.
Creo que nunca la he querido tanto como cuando le era infiel.

Pero ocultemos mis faltas para no entristecerla.
Lo que más me importa es la felicidad de Cécile.
Y mañana iré a ver a mi otra amiga,
y ella, que es buena y honrada,
me perdonará y aprobará mi conducta.

Adiós, querido vizconde.
Lamento que la señora de Tourvel esté enferma.
Ojalá recupere la salud y pueda hacerlo feliz a usted.

Carta 144, de 6 de diciembre de 1780
Del vizconde de Valmont a la marquesa de Merteuil

Querida marquesa:

¿Cómo te sientes después de tu noche de amor?
¿No estás cansada de tantos placeres?
¡Qué encanto, Danceny! ¡Qué gran rival!
Es natural que me hayas sacrificado por él.
Está lleno de cualidades.
¡Qué amor, qué constancia, qué delicadeza!
Si alguna vez te amase a ti tanto como ama a su Cécile,
nunca tendrías que temer a ninguna rival.
Esta noche lo ha demostrado.

Que te dejara esperando esta noche ha sido obra mía,
aunque ha sido demasiado fácil y no tiene mérito.

Los amantes tan jóvenes tienen sus peligros
y más vale tenerme por amigo que por enemigo.

Adiós, marquesa, hasta otra ocasión.

Carta 145, de 6 de diciembre de 1780
De la marquesa de Merteuil al vizconde de Valmont

No me gustan los malos modales ni los chistes de mal gusto.
Yo no actúo así. Si tengo queja de alguien, me vengo.
No es la primera vez que te aplaudes a ti mismo
antes de tiempo creyendo que has vencido.

Carta 146, de 6 de diciembre de 1780
De la señora de Volanges a la señora Rosemonde

La salud de nuestra amiga sigue más o menos igual,
pero hoy está algo mejor y ha dictado una carta a su doncella.

Nuestra amiga quería enviarla enseguida,
pero la doncella no sabía a quién debía dirigirla.
Así que la he abierto y he visto que no se dirige a nadie,
aunque al principio parecía que era para el señor de Valmont.

Pienso que esta carta no debería entregarse a nadie.

Se la envío a usted porque así puede hacerse una idea
del estado en que se encuentra nuestra pobre amiga.
Cuando el espíritu enferma, el cuerpo no puede curarse.
No hay esperanzas…

Carta 147, de 6 de diciembre de 1780
De la señora de Tourvel a…
(dictada a su doncella)

Ser cruel y malvado, ¿cuándo dejarás de perseguirme?
¿No te basta haberme atormentado, humillado, corrompido?
¿Quieres torturarme hasta en la tumba?
Déjame el dolor, pero quítame el recuerdo
de la felicidad perdida.
Yo era inocente y estaba tranquila,
pero te escuché y me convertí en criminal.
¿Dónde están los amigos que me querían?, ¿dónde están?
Ninguno se atreve a acercarse a mí.
Me muero y no me llora nadie.

Y tú, a quien he ofendido, tú, que tienes derecho a vengarte,
¿dónde estás?, ven a castigar a tu esposa infiel.
He querido confesarte mi vergüenza,
pero me ha faltado el valor.
No era por disimulo, sino por respeto.
Y temía que tú me perdonases una falta que Dios no perdona.
Que al menos esta carta te demuestre mi arrepentimiento.

¡Es tan distinto de lo que pensaba!

Sus ojos expresan odio y desprecio, y su boca, insultos.

Sus brazos me ahogan... ¿quién me salvará de su furia?

Pero... ¡si es mi amado! ¡Sí, eres tú!

¡No te había reconocido ¡Cuánto he sufrido!

No nos separemos más, no nos separemos nunca.

¿Por qué no quieres mis caricias? Mírame...

¿Por qué intentas romper nuestra unión?

¿Por qué se altera así tu rostro? ¿Qué haces?

¡Déjame, me asustas!

¡Dios mío!, vuelve otra vez ese monstruo...

¡Amigas mías, no me abandonéis!

Contestad a esta carta para que yo sepa que aún me queréis.

¡Oh, qué doloroso es el odio!

¿Por qué me persigues? No esperes nada de mí.

¡Adiós, señor!

Carta 148, de 7 de diciembre de 1780
Del caballero Danceny al vizconde de Valmont

Me acaban de informar de todo lo que usted ha hecho.

He leído su traición en una carta escrita por usted mismo

y mi corazón se ha estremecido... ¡Encima presume de ello!

Siento vergüenza por haber creído en usted.

Pero no le envidio su odiosa ventaja sobre mí,
solo quiero saber si también me aventaja usted con la espada.
Lo espero mañana entre las ocho y las nueve
en el bosque de Vincennes, en Saint-Mandé.

Carta 149, de 7 de diciembre de 1780
Del señor Bertrand a la señora Rosemonde

Señora:

Con gran sentimiento cumplo con el triste deber
de comunicarle que su sobrino ha fallecido en un duelo
con el caballero Danceny.

Dos criados llevaron al vizconde a casa,
bañado en sangre y muy débil.
El caballero Danceny estaba allí también, incluso lloraba.
Entonces el vizconde estrechó la mano del señor Danceny,
lo llamó amigo, lo abrazó delante de todos y nos dijo:
«Os mando que le deis a este caballero toda la consideración
que se le debe a un hombre gentil y valiente».

Y me hizo entregarle al señor Danceny unos documentos
a los que vuestro sobrino le daba mucha importancia.
Luego quiso quedarse a solas con el señor Danceny.
Yo mandé buscar al médico, pero ya no había remedio.
Poco después, murió.

Recuerdo que cogí en brazos a vuestro sobrino al nacer,
¡quién iba a suponer que también iba a morir en mis brazos!

Le envío la carta de desafío
que Danceny envió a vuestro sobrino
y que prueba que fue Danceny el agresor.

Me encargaré de todo, puede estar tranquila.
Le ruego que me comunique sus órdenes.

Su humilde servidor: Bertrand, administrador.

Carta 150, de 8 de diciembre de 1780
De la señora Rosemonde al señor Bertrand

Querido Bertrand:

Acabo de recibir su carta con el triste suceso.
Sí, tengo órdenes que dar:
la carta de Danceny prueba que él provocó el duelo
y quiero que usted lo denuncie en mi nombre.

Mi sobrino lo ha perdonado, pero yo no puedo hacerlo.
Las leyes tienen que ser severas contra el salvajismo de los duelos
y le ruego que usted se encargue de este asunto.

Adiós, querido Bertrand, le agradezco sus buenos sentimientos.

Carta 151, de 9 de diciembre de 1780
De la señora de Volanges a la señora Rosemonde

Sé que ya le han dado la noticia de la muerte de su sobrino.
Imagino su tristeza, sé lo mucho que quería al señor de Valmont.

Por eso tengo más pena al comunicarle más desgracias.
Esta noche hemos perdido a nuestra amiga.
El poco tiempo que ha sobrevivido al señor de Valmont
solo ha servido para que ella se enterase de su muerte
y no ha podido soportar tanto sufrimiento.

Un poco antes de morir, yo la sostuve mientras ella rezaba,
llorando, con voz débil pero llena de pasión:
«¡Dios todopoderoso, perdona a Valmont!
Que mis desgracias, que yo he merecido,
no sean motivo de castigo para él».

Creo que la oración de la señora de Tourvel
consolará su alma por la pérdida de su sobrino.

Después de esto, nuestra amiga cayó en mis brazos
y dijo: «siento que pronto acabarán mis males».
Me habló de usted con mucha ternura
y me dio unos papeles para que se los enviase.
Luego se quedó tranquila y serena.
Y a las 11 de la noche buscó mi mano,
la estrechó contra su corazón y murió.

Hace menos de un año,
hablábamos de lo feliz que parecía la señora de Tourvel:
tenía un carácter fácil y dulce, un marido al que amaba
y que la amaba, y amigos, belleza, juventud, fortuna...
Todo perdido por una imprudencia.

Ahora debo ocuparme de mi hija, que está muy impresionada
por la muerte de dos personas a las que quería.

Adiós, amiga mía.

Carta 152, de 10 de diciembre de 1780
Del señor Bertrand a la señora Rosemonde

Señora:

Siguiendo sus deseos, he ido a ver al juez
para hablar sobre la denuncia
que hay que poner al señor Danceny.

El juez me ha dicho que este juicio
podría perjudicar la reputación del señor de Valmont
y opina que es mejor no hacer nada.
Se lo transmito a usted y espero nuevas órdenes.

Carta 153, de 10 de diciembre de 1780
Carta anónima al caballero Danceny

Señor:

Quiero advertirle de que hoy, en el juzgado,
han hablado sobre el duelo entre usted
y el vizconde de Valmont.
Si el fiscal se entera del duelo, tendrá que intervenir,
y, además, la tía del señor de Valmont
quiere poner una denuncia.
He creído que debía usted saberlo.
Haría usted bien en irse de París por un tiempo.

Carta 154, de 11 de diciembre de 1780
De la señora de Volanges a la señora Rosemonde

Mi querida y digna amiga:

Corren por aquí rumores extraños
sobre la marquesa de Merteuil.
Yo, desde luego, no los creo.
Ayer quise avisar a la marquesa,
pero estará fuera de París dos días
y nadie sabe adónde ha ido.

Se dice que el duelo entre el señor de Valmont y Danceny
es obra de la señora de Merteuil, que engañaba a los dos.
Que después del duelo
se dieron explicaciones y se reconciliaron.
Y que para desenmascarar a la marquesa y justificarse,
Valmont le dio a Danceny muchas cartas de la marquesa,
en las que ella es protagonista de las historias más escandalosas.

Y se dice que Danceny, indignado, ha entregado esas cartas
a todo el mundo y que ya circulan por París.
Sobre todo dos de ellas:
una en la que la marquesa cuenta su vida y otra en la que explica
cómo le tendió una trampa al señor Prevan.

Yo creo que estas acusaciones son falsas
y quizá las cartas son un invento de algún enemigo.
¿Sabe usted algo de todo esto?

Adiós, amiga mía.

Carta 155, de 12 de diciembre de 1780
Del caballero Danceny a la señora Rosemonde

Señora:

Quizá le parezca raro que me dirija a usted,
pero le ruego que me escuche antes de juzgarme.

Me han dicho que usted quiere demandarme,
pero eso también afectaría a la reputación del señor de Valmont.

Además, quiero entregarle unas cartas
para que usted haga justicia.
Yo recibí estas cartas del señor de Valmont.
Copié dos de ellas, que he hecho circular entre mis conocidos.
Una era como venganza a la que Valmont
y yo teníamos derecho, y que él me encargó antes de morir.

Creo que he hecho un servicio a la sociedad desenmascarando
a una mujer tan peligrosa como la marquesa de Merteuil,
que, como podrá ver por las cartas,
es la verdadera causante de todo lo que ha pasado.

Y un sentimiento de justicia me ha llevado a publicar también
la segunda carta sobre el señor Prevan, que apenas conozco,
pero que no merecía el trato injusto que ha recibido.

De estas dos cartas yo guardo los originales.
En cuanto a las demás, se las entrego a usted.
Así libraré a las personas de las que hablan esas cartas
de la vergüenza que sentirían al saber que conozco sus aventuras.

Siguiendo los consejos de mis amigos,
me he ido de París por algún tiempo y nadie sabe dónde estoy.
Pero si usted quiere escribirme,
le ruego que me escriba a la casa del señor de ***.

Carta 156, de 13 de diciembre de 1780
De la señora de Volanges a la señora Rosemonde

Querida amiga:

Voy de sorpresa en sorpresa
y de disgusto en disgusto.
Ayer por la mañana mi hija desapareció.
Todas sus cosas estaban en la habitación,
pero nadie sabía dónde estaba.
Solo una madre sabe lo que sufrí.
Por fin, a las dos de la tarde, recibí al mismo tiempo
una carta de mi hija y otra de la superiora del convento.

La carta de mi hija decía que tenía vocación religiosa,
pero que no se atrevió a hablarme de eso porque tenía miedo
de que yo no la dejara volver al convento.
Y se disculpaba por haberse ido sin mi permiso.
También decía que, si yo conociese los motivos,
estaría de acuerdo con su decisión
y me rogaba que no le preguntase nada más.

La superiora me dijo que no había podido avisar antes
porque mi hija no quería que nadie supiera dónde estaba.
Y me aconsejaba que dejara a mi hija seguir su vocación.

He ido enseguida al convento, he hablado con la superiora
y después he ido a ver a mi hija,
que estaba muy triste y temblorosa.
Hablé con ella a solas, pero todo lo que he podido sacarle,
en medio de lágrimas, es que quería quedarse en el convento.

He dejado que se quede, pero sin tomar aún los hábitos[20].
Los jóvenes son tan imprudentes...
A su edad, no saben lo que les conviene.

El señor de Gercourt volverá pronto.
¿Hay que renunciar a una buena boda
por una decisión repentina? ¿Qué haría usted en mi lugar?
Es horrible tener que decidir el destino de los demás.

Lamento aumentar sus penas contándole las mías.
Adiós, mi querida amiga, espero su contestación.

Carta 157, de 15 de diciembre de 1780
De la señora Rosemonde al caballero Danceny

Señor:

Después de conocer la verdad y todos sus horrores,
no hay más remedio que llorar y callarse.

---

20. Vestido que llevan los frailes, monjes y monjas.

Olvidaré su parte en la muerte de mi sobrino
y guardaré las cartas que me ha entregado.
Le ruego que me autorice a no dárselas a nadie,
ni a usted mismo, a menos que las necesitara para su defensa.

También le ruego, por generosidad y delicadeza,
que me dé las cartas de la señorita de Volanges.
Esta joven ha cometido errores,
pero no creo que quiera castigarla,
no querrá avergonzar a una persona a la que ha amado tanto.

Y también le debe usted esa consideración a la madre,
esa respetable señora a la que usted ha ofendido gravemente.
Sí, porque cuando usted sedujo
el corazón sencillo y honrado de la joven,
se convirtió en cómplice de su corrupción
y es responsable de los excesos y locuras que vinieron después.

Le pido que guarde el secreto de la señorita de Volanges
que a usted también le perjudicaría
y que, sobre todo, llenaría de dolor el corazón de una madre.

En fin, señor, yo quiero evitar este sufrimiento a mi amiga
y sé que usted no me negará ese consuelo,
el único que me queda.

Carta 158, de 15 de diciembre de 1780
De la señora Rosemonde a la señora de Volanges

Mi querida amiga:

He recibido unas noticias
sobre la marquesa de Merteuil que no esperaba.
¡Oh, cómo la ha engañado esa mujer!

Me repugna entrar en los detalles de ese horror,
pero todo lo que usted ha oído es cierto, incluso es peor.
Me conoce lo bastante para creer en mi palabra.
Ahora mismo tengo muchas pruebas entre mis manos.

Y tengo que suplicarle que no me pregunte sobre su hija.
Solo le diré que no se oponga a su vocación religiosa
y que rompa el matrimonio que había proyectado.
Confiemos a Dios lo que no podemos comprender.

Adiós, mi querida amiga.

Carta 159, de 18 de diciembre de 1780
De la señora de Volanges a la señora Rosemonde

¡Amiga mía!

¿Por qué no puede hablarme sobre mi hija?

Le pido que me cuente todo lo que tenga remedio,
todo lo que se pueda reparar con la ayuda maternal.
Pero si la cosa no tiene remedio, entonces bastará su silencio.

Sé que mi hija ha mostrado inclinación
hacia el caballero Danceny, ha recibido cartas suyas
y las ha contestado.
Quizá él ha seducido a mi hija y ella se ha ido al convento
al saber que Danceny la engañaba con la marquesa de Merteuil.

Si fuera eso, entendería su consejo de dejar que mi hija
siguiese en el convento,
pero creo que es mi deber intentar salvarla
de una vocación que no siente de verdad.

Y si le queda un resto de honradez al caballero Danceny,
reparará su ofensa casándose con mi hija.
Querida amiga, esa es la única esperanza que me queda.
Espero con ansiedad su respuesta y temo su silencio.

Iba a cerrar esta carta cuando una persona de confianza
ha venido a verme y me ha contado la terrible escena
que ocurrió anteayer en el teatro con la marquesa de Merteuil.

Como la marquesa no vio a nadie en estos últimos días,
no sabía nada de sus cartas que circulan por París.
Así que al llegar a París fue al teatro.

Estaba allí sola, y debió de parecerle muy extraño
que ningún hombre la visitara durante el espectáculo.

Al acabar el teatro fue, como es costumbre, al salón,
que estaba lleno de gente, y todo el mundo empezó a murmurar,
aunque ella no pensó que era por su causa.
Entonces la marquesa vio un lugar desocupado y fue a sentarse.
Y todas las mujeres que estaban allí sentadas
se levantaron al mismo tiempo y se apartaron de ella.
Y todos los hombres aplaudieron
ese movimiento de las mujeres.
Los murmullos se hicieron más intensos y hubo algún silbido.

Y para colmo de tal humillación,
el señor Prevan, que nadie había vuelto a ver,
entró en ese momento en el salón.
Entonces, todos lo rodearon, aplaudiendo.
Mientras tanto, la marquesa no cambió de expresión
y se marchó con su aire digno entre silbidos.

Ha perdido las influencias que necesitaba para ganar el juicio
y, por si fuera poco, me han contado que enfermó de viruela[21].

Veo que hay castigo para los malos,
pero no hay consuelo para las víctimas.
Adiós, mi querida amiga.

---

21. Enfermedad contagiosa que da fiebre
    y hace que salgan granos y costras en la piel.

Carta 160, de 26 de diciembre de 1780
Del caballero Danceny a la señora Rosemonde

Señora:

Aquí le envío el paquete con todas las cartas
de la señorita de Volanges.

Siento una enorme indignación contra la marquesa de Merteuil
al ver cómo abusó de la inocencia de la señorita de Volanges.
Ya no la amo y no quiero justificarla,
pero era una muchacha recién salida del convento,
sin experiencia,
¿cómo podía defenderse de esas horribles trampas?

Claro que no tengo ningún deseo de vengarme
de la señorita de Volanges,
¡bastante dolor es renunciar a amarla!
Yo guardaré el secreto de todo lo que pueda perjudicarla.

Me voy a Malta, donde tomaré votos religiosos[22].
Allí intentaré olvidar el recuerdo de los horrores
que atormentan mi alma.

Adiós, señora.

---

22. Según el evangelio, los votos religiosos son tres: pobreza, obediencia
    y castidad. Los sacerdotes y las monjas juran seguirlos
    durante su vida dedicada a Dios.

Carta 161, de 14 de enero de 1781
De la señora de Volanges a la señora Rosemonde

Las desgracias de la marquesa de Merteuil son tan grandes
que incluso algunos la compadecen.
Se ha salvado de morir a causa de la viruela,
pero ha quedado desfigurada y ha perdido un ojo.
Yo no he vuelto a verla,
pero me han dicho que está espantosa.
El marqués de ***, que siempre hace chistes de todo,
dijo: «ahora sí que la cara es el espejo del alma».

Además, al perder el juicio, ha perdido toda su fortuna.
En cuanto se enteró, lo preparó todo
y se fue sola en medio de la noche en un carruaje.

Dicen que se ha ido a Holanda.
Se ha llevado los diamantes, la plata,
en fin, todo lo que ha podido,
y deja aquí muchas deudas.

Mañana mi hija tomará los hábitos
porque usted no me ha dicho nada.
Y sé que el caballero Danceny se ha ido a Malta.

Ay, amiga mía, ¿es mi hija tan culpable?

Es espantoso adónde nos pueden llevar
las amistades peligrosas.
Nos dejamos llevar por las costumbres más superficiales
y solo nos detenemos cuando el mal ya está hecho.

Adiós, mi querida y respetable amiga.
Las buenas palabras no bastan para prevenir las desgracias
y aún menos para consolarnos de ellas.

¿Comentamos el libro?

1. Amistades peligrosas

Los protagonistas, Valmont y Merteuil, se admiran y se gustan, pero acaban por destruirse el uno al otro.

¿Qué sentimientos pueden llevar a que una relación sea destructiva?

¿Conoces algún ejemplo de relación destructiva o peligrosa?

2. El papel de la mujer

La marquesa de Merteuil le cuenta en una carta a Valmont cómo logró ser una mujer independiente, algo imposible en la sociedad de su tiempo.

¿Crees que, en nuestra sociedad, las mujeres tienen los mismos derechos y oportunidades que los hombres?

¿Por qué? ¿Puedes poner ejemplos?

3. Hipocresía

La aristocracia francesa era muy hipócrita,
tal como la describe la señora de Volanges:
odian a los corruptos,
pero los tratan bien cuando son poderosos como Valmont.

    ¿Crees que nuestra sociedad es hipócrita,
    o piensas que, en general, se respetan los valores sociales?
    ¿Crees que la mayor parte de las personas
    son respetuosas con los demás?
    ¿Crees que la mayoría de las personas
    son honestas y sinceras? ¿Por qué?
    ¿Y crees que la mayoría defienden
    la igualdad y la justicia?

4. Moral sexual

La moral son las normas y costumbres
que se consideran buenas en una sociedad.
En la novela, la moral sexual es distinta
para hombres y para mujeres:
los hombres pueden elegir su conducta, las mujeres, no.

    ¿Crees que, en nuestra sociedad, hay una moral sexual
    distinta para hombres y para mujeres?
    ¿Qué opinas de la forma de actuar de Valmont?
    ¿Y de Merteuil?
    ¿Ves correcto que, cuando Valmont se cuela
    en la habitación de Cécile, Merteuil le reste importancia
    y le diga a la joven que lo aproveche?
    ¿Qué hubieras hecho en su lugar?

5. Clases sociales

Antes de la Revolución Francesa,
la sociedad se dividía en clases sociales privilegiadas,
que eran los representantes de la Iglesia y los nobles,
y el pueblo llano, que tenía que pagar impuestos
y no tenía derechos.

¿Crees que nuestra sociedad es igualitaria?
¿Se trata igual a una jueza que a una limpiadora?
¿Se tiene la misma consideración con un banquero
que con un obrero?
¿Crees que somos todos iguales?
¿Crees que la igualdad tiene que ver con la justicia?
¿Por qué?

6. Venganza y arrepentimiento

Danceny reta a Valmont a un duelo y lo hiere de muerte.
Antes de morir, Valmont habla con Danceny
y le entrega las cartas de Merteuil
para que se sepa toda la verdad.

¿Por qué crees que Valmont hace eso?
¿Qué opinas de que Danceny divulgue las cartas?
¿Crees que Merteuil se merece esta venganza? ¿Por qué?
¿Qué piensas de los duelos?

7. Tragedia

En la última carta, la señora de Volanges
dice que las buenas palabras
no bastan para prevenir las desgracias:
ella advirtió a la señora de Tourvel sobre Valmont,
pero no sirvió de nada;
dejó que la marquesa de Merteuil aconsejase a su hija,
y la marquesa la pervirtió.

 ¿Crees que la señora de Volanges
 podría haber evitado la tragedia?
 Y si es así, ¿cómo?
 Si estuvieras en el lugar de la señora de Tourvel,
 ¿hubieras hecho caso de las advertencias?
 ¿Por qué?

8. Nadie es perfecto

En la novela, ningún personaje es perfecto.
Los buenos tienen sus debilidades,
y hasta los malos tienen alguna cosa buena.

 ¿Cuál es tu punto débil?
 ¿Y tus fortalezas?
 ¿Hay algo que te gustaría cambiar? ¿Por qué?

TÍTULOS DE LA COLECCIÓN

Mucho ruido y pocas nueces
William Shakespeare

Pilar Prim
Narcís Oller

Bearn o la sala de las muñecas
Llorenç Villalonga

La edad de la inocencia
Edith Wharton

Madame Bovary
Gustave Flaubert

Los pazos de Ulloa
Émilie Pardo Bazán

Al faro
Virginia Woolf

Soledad
Víctor Català

La hija del mar
Rosalía de Castro

El inglés reanimado y otros cuentos
Mary Shelley

Bodas de sangre
Federico García Lorca

La Celestina
Fernando de Rojas

La dama de las camelias
Alexandre Dumas

Josafat
Prudenci Bertrana

La letra escarlata
Nathaniel Hawthorne

Tierra baja
Àngel Guimerà

Jane Eyre
Charlotte Brontë

Mujercitas
Louisa May Alcott

Las amistades peligrosas
Louisa May Alcott